润物有声

李立散文随笔选

李立 著

中国书籍出版社
China Book Press

图书在版编目（CIP）数据

润物有声：李立散文随笔选 / 李立著. —北京：中国书籍出版社，2020.11

ISBN 978-7-5068-8058-9

Ⅰ.①润… Ⅱ.①李… Ⅲ.①随笔－作品集－中国－当代②散文集－中国－当代 Ⅳ.①I267

中国版本图书馆CIP数据核字（2020）第208879号

润物有声——李立散文随笔选
李立 著

图书策划	武 斌　崔付建
责任编辑	吴化强
责任印制	孙马飞　马 芝
封面设计	鸿儒文轩
出版发行	中国书籍出版社
地　　址	北京市丰台区三路居路97号（邮编：100073）
电　　话	（010）52257143（总编室）　（010）52257140（发行部）
电子邮箱	eo@chinabp.com.cn
经　　销	全国新华书店
印　　刷	三河市华东印刷有限公司
开　　本	880毫米×1230毫米　1/32
字　　数	320千字
印　　张	8.125
版　　次	2021年1月第1版　2021年1月第1次印刷
书　　号	ISBN 978-7-5068-8058-9
定　　价	48.00元

版权所有　翻印必究

善良是世界的底色
——李立《润物有声》序

阎雪君[①]

读诗是快的，读文是慢的，这是我的阅读习惯。鉴于此，我对李立的这本随笔集，断断续续地用了一周时间，才真正地认认真真读完。当我仔细读完李立的这本《润物有声》的时候，才知道，原来诗坛很不平静，原来人间有这么多的"繁华如花"——形形色色的人和事件，充斥着诗坛，甚至也弥漫着整个人间。

关于李立本人，我不太熟悉，对他的作品却是较为熟悉

[①] 阎雪君，山西大同人。中国作家协会全国委员会委员，中国金融文联副主席，中国金融作家协会主席。在中央、省部级报刊发表作品360多万字，主编《中国金融文学》杂志等。

的，因为他的勤奋创作，也源于他的作品魅力。在中国金融作协会员微信群里，有人说他是金融界诗写得最好的诗人之一。确实，他的诗，我读过不少。他近期所写的关于诗歌界的随笔，我也大都读过。这是对诗人的尊重，也是喜欢他文字的一种表达方式。比如，给我印象较深的，《俗人、天才、大师及其他》，在这篇文中，他谈了一些诗人的成长或生活背景，感慨颇多。

其实，他对诗坛不仅仅是停留在批判上，那样就显得太片面和极端了。我发现，他对诗坛的关注，更多的是一种宽容和情感上的善意抚慰。例如，《朋友》就写出了人与人之间，或者说是诗人与诗人之间的那份"海内存知己，天涯若比邻"的纯粹之情。这本随笔散文集，更多内容呈现的是作者对一些诗歌作品的评析和与诗友之间的交流之感想。比如《那时的爱情，叫爱情》这篇文章，就引用了原诗。诗写得很美，我们不妨欣赏一下：

你说你只做太阳身边一颗闪闪发光的小星
你给自己取了一个笔名叫熠
你写给十八岁男孩生日那本厚厚的情诗和歌曲
是你心灵深处的真情独唱如歌如泣
纸上绽放的泪痕如桃花吐出的淡淡忧伤
每次捧读我的热泪都会夺眶而出如醉如痴

我们用密密麻麻的思念和对爱的信仰
　　在洁白无瑕的信笺建起五彩缤纷的爱情小屋
　　住着我们圣洁的初恋纯朴的憧憬
　　那是少男少女神秘的圣地
　　收容着我们纯粹的欢笑和晶莹的泪水
　　而把北方的寒风南方的细雨统统关在门外
　　…………

　　其实李立不是一个刻薄、愤青的俗人，可以说家庭事业双丰收的他，没有愤青的必要。除了一些看不惯的炒作事件之外，更多的情况下，他是一个心地善良、内心有温度的冷眼旁观看世间风轻云淡的诗人。再如他在《那片诗意的海洋》一文中，就很好地展示了他作为诗人善良和温情的一面。在这篇文章中，他的温情之心之情，于这些跳动的文字音符下呈现出熠熠生辉，特别是文章的最后，抛出了曹操的《观沧海》，更是把文本格调，拉高了一大截。

　　在这本随笔集中，李立主要写了两点：一是与诗有关的生活趣事，二是生活中的诗歌事件。在他娓娓道来的叙述中，一幅幅诗与生活的画面浮出水面，一座座突兀的山峰耸立于世人心海，成为一抹山水夕阳或土地胶着的文本渊源。由此可以看得出来，归来后的李立，又把重心移植到对诗的热爱以及在友情与生活的加持下，奋笔疾书八万里。

　　读完这部集子，我在想，如果李立把手中的笔墨，能再伸向更加广阔的大地和社会上，而不仅仅是体现在对"诗"的空间与关爱上，他的文学成就，是否可以更上一层楼，他的文学观念和思想价值，是否会更加"波澜壮阔"。

李立自称是新归来诗人，我对此不予置评，因为我认为，写诗就是写诗，哪还分什么归来不归来之说。有灵感就写，或者说，有了生活感悟就写，这就是诗的磁场效应，和归来不归来，没有多大关联。不管咋说，这只是我的一家之言，望李立一笑而过罢了，不必太在意。

话说回来，之于写诗，不管他是不是新归来的诗人，但他二十年后的再创作，所呈现出来的那种泉涌似的创作激情和爆发力，足以令人吃惊，并让人刮目相看。短短几个月的时间，他除了诗歌创作之外，还写下了不少与诗和诗人有关的杂感随笔，这种井喷式的创作热情，不得不让我佩服于他创作力的旺盛。

一个人的创作，除了时间之外，还要有一颗对文学的热爱和敬畏之心，更要有一股子写作的天赋、灵性与智慧，缺一不可。古人云：读万卷书，行万里路。这话之于李立，是再恰当不过了。熟悉他的人都知道，他不仅游历过祖国的三山五岳，更是把五大洲，逛了个遍。因之，李立的诗文，似乎都与"行"之见闻有关。

前不久，我读到这么一句话：读书可以经世致用，也可以修身怡心。此话我觉得放在李立身上，恰如"量身定制"。一个人生命的质量，需要锻铸，有效的阅读是锻铸一个人成就未来事业的重中之重。一个人阅读的深度和广度，可以改变一个人生命历程的长短与不足。因此，阅读的深度，决定其思想境界的高度。

之于我眼中的李立，应当改为：可以写诗，可以著文，可以交友，可以谈心，可以把眼界拉长，可以把视野和心胸拓阔，让有限的生命，活出无限的精彩。英国诗人拜伦说过，一滴墨水可以引发千万人的思考，一本好书可以改变无数人的命运，选择一本好书，可以品味一时，更可以受益一生。我觉得，李立的这本关于诗与诗事的随笔集，是可以收藏和阅读的。因为，本书除了列举出一些诗坛轶闻轶事外，还可以带读者于回味中，陶冶情操，看清世事浑浊，从而提升人生的品质与人格的修炼。

随笔，除了体现杂之"多"和包罗万象，还兼有批判人性丑恶的功能，当然，它也具有歌颂与赞美的传播功效，这也许就是随笔的魅力所在。因之，我觉得，随笔的魅力，不仅体现在文字的随意与"短小精悍"上，它的关键在于直抒胸臆的表达，可以让读者跟着作者的情感波动而一泻千里、碧波荡漾——收获爱或喜悦，当然也会吐槽世间的灰色。

了解李立，最初是从诗人开始的，后来陆续读到一些他写的随笔——关于诗歌界的现象种种。如果说李立的诗具有批评精神，那么李立的随笔，更是一种对现实诗界的一记重拳，重重地砸在诗歌的江湖上。我一直认为，这世界的美好，不是靠赞美来渲染的，而是用批评的利剑和砖石来敲打和筑起的。因为批判的存在，人间才会少一些阴影和雾霾，人间才会多一些精神家园。

"天下之大，善良为最。而以真、善、美立世的诗歌，善良始终是她的最高海拔，因为有善良的加持，诗歌才成就为文学的最高峰。在通往文学最高峰的羊肠小道上，岁月风云变幻，有大师在绝顶指点江山，有天才在风口意气风发，有年轻人在灯下踌躇满志，有年长者在山海平心定气，有成功者在舞台上欢声笑语，有迷茫者在黑暗中黯然神伤，有智者驾小舟心如止水，有愚者在天涯自寻烦恼，有善良者在人间温良恭俭，有我们平常的喜怒哀乐，亦有生活的柴米油盐……"作为人潮中的一分子，他把自己的所见，所闻，所思，所想，不造次，不虚夸，真实地呈现出来。

李立的这本随笔，整体风格是一致的。可以说其语言质朴，没有油腔滑调，又从容平和地侃侃而谈。文章篇幅不短不长，刚好适合当下快节奏人的阅读习惯。另外，其文笔亲切流畅，其情感热情洋溢，其语言明朗洗练，且行文构思富于激情与诗意，相信本书的出版，一定会得到读者的喜爱。

是为序。

2020 年 1 月 3 日

于北京金融大街

目 录

善良是世界的底色
　　——李立《润物有声》序 ………………… 阎雪君　001

海中央，澳大利亚诗意盎然………………………………… 001
芳　华………………………………………………………… 012
岁月深处，太阳石熠熠生辉………………………………… 020
铭记生命中的贵人…………………………………………… 028
那时的爱情，叫爱情………………………………………… 034
远　方………………………………………………………… 044
俗人、天才、大师及其他…………………………………… 049
做一个正常的诗人…………………………………………… 056
大家风范和纯粹诗人………………………………………… 062
非诗勿扰……………………………………………………… 067
朋　友………………………………………………………… 072
功夫在诗外…………………………………………………… 079
那片诗意的海洋……………………………………………… 083
浏阳河西岸有的，东岸也有的……………………………… 091

草绿色的梦 ………………………………………… 099

悼念诗人简明先生 ……………………………… 106

张家界的最高峰 ………………………………… 117

最高境界 …………………………………………… 125

读读读诗的人 …………………………………… 134

西天行记 …………………………………………… 146

本　色 ……………………………………………… 178

太阳在前 …………………………………………… 184

最高海拔的善良 ………………………………… 196

烹诗的煮男，及猫狗 …………………………… 205

青春之约 …………………………………………… 215

诗意的私事 ……………………………………… 224

摁下时间的暂停键 ……………………………… 232

随便写（后记）………………………………… 238

海中央，澳大利亚诗意盎然

下午在机场贵宾室喝了一大杯咖啡，让我蓄谋已久的一张昂贵的空中"睡票"，在太平洋上空打了"水漂"。梦寐以求的"睡好每一觉"，并非易事。久睡不着，无奈之下便开始胡思乱想，后来干脆调直座椅，打开射灯和手机，正襟危坐地想入非非。

已是北京时间午夜时分，机舱里黑灯瞎火，见我坐直身子，空乘小姐及时地送来一杯温水，并端着一盘零食来到面前。此前的两轮服务有澳洲红酒、咖啡、茶，各式饮料，丰富的晚餐和水果，我唯独要了温水，这次，空乘小姐径直就送来了温水。我接过水杯，顺手取了一颗巧克力，便打开思闸，开始胡乱涂鸦前方的澳大利亚。

我在澳大利亚的朋友还真有几位，尽管他们的年龄参差不齐，性格迥异，在不同行业施展才华，我们各自生活在不同的社会环境和家庭背景下，但是，我与他们始终相处得融洽愉快，真情实意，互动频频，似乎已成为忘年之交。比如说 Joshua 的忠厚诚实，Candy 的豪爽霸气，Sam 牛的精明能干，Gavin 的沉稳干练，Tina he 的青春靓丽，Jennifer 的质朴热情，以及平常满腔热血、爱天疼地的老友大宝，也于去年以实际行动证明，澳大利亚才是他的真爱，等等，让我印象十分深刻。他们虽然都是龙的传人，但为了生活和生存，都入乡随俗地起了一个英文名字，以便融入当地的人文圈子。每次与他们短暂相聚，总是令人心情愉悦，回味无穷。

深圳至悉尼空中飞行时间需要 8 小时 40 分钟，我思想的翅膀早已飞越了南中国海和太平洋，降落在碧海中央、春光乍泄、蓝花楹树正灿烂绽放的南半球岛国。紫蓝色花瓣装点着公园和街道，阳光明媚，人们懒散地席地而坐，沐浴着和风丽日，既温馨又浪漫，诗意盎然。

"澳大利亚"在英语中是"南方的土地"的意思，英国人喜欢冒险的祖先夸下海口，说是他们发现的澳大利亚。其实在他们来到之前，已有土著人祖祖辈辈生于斯、死于斯。他们在这块沉寂的大地上插上欧洲稻草，这里就成了他们的家园。严格意义上说，当初，这是英国流放罪犯的地方。但凡在英国本土犯了事，又够不着砍脑袋，便租用商船把那些"惹是生非"的不良分子流放到遥远的"南方的土地"上进行劳动改造，让他们生死由命，眼不见心不烦。这个由"流氓和罪犯"的后裔构成的社会，经过几代人的改造和演化，最后出落成一个发达、先进的现代化国家。

夹在太平洋和大西洋中央的澳大利亚，地广人稀，物产丰富，工业不发达，但高新技术、生物医药的研发和教育水准均处于世界领先地位。由于环境优美、食品安全、治安良好、社会福利优越，连续多年被相关国际组织评选为世界上最宜居的地方之一，是世界移民者的天堂。但用喜欢热闹的中国人的话说，叫"好山、好水、好寂寞。"这里相较于欧美等发达国家来说，离中国较近，运气好的话，睡一觉，睁开眼就移步到了另外一个世界。

我忘记了是第几次去澳洲。有两次记忆尤深。

第一次是我儿子读小学二年级的时候，刚好利用"五一"七天长假，一家三口兴致勃勃地去澳大利亚游玩。那时年幼无知的犊子对什么都心存好奇，给绵羊"脱衣服"（剪羊毛）、翻淘金坑的沙子、喂湖边的白天鹅、抱着袋鼠合影、指着植物园的茅草树刨根问底，弄得我理屈词穷，糊弄不过他……他把在澳洲的所见所闻写成作文，被"好事"的语文老师推荐在青少年刊物《红树林》和《深圳教育》报（小学版）上发表。

当年，我因睡眠困扰，已远离文坛，"不看、不写、不与文坛保持任何形式的联系"，我不希望儿子重走我的老路。故，经过我与妻子的万般围堵和疏导，最后，儿子终于学了理科专业，已在美国学成归来，进入计算机这个朝阳行业。令我十分欣慰的是，他至少掌握了一技之长，不愁生活没有着落。

然而，令人匪夷所思的是，我自己却"晚节不保"，最后还是没能逃脱缪斯女神的终极诱惑，老了老了又心甘情愿地重新拜倒在她的石榴裙下，再次心甘情愿做了她的"俘虏"。重返诗坛当初，我的诗歌理论和技巧还停留在 21 年前，诗坛对我这个老气横秋的"新人"也不闻不问、不冷不热、不好不坏，很长一段时间，我观望、徘徊、彷徨、苦闷，磨磨唧唧了好一阵子，几乎又萌生开小差临阵脱逃的念头。

记得是 2017 年 7 月初，我去澳大利亚休假。抵达澳大利亚后，澳洲某侨报主编 Ms Chen 在墨尔本华语作家协会发起串联，要为我主办一场欢迎诗会，报名接龙已达十七位之多。我知道后赶紧恳请她取消这个活动，否则，我就不去墨尔本了。她"被逼无奈"，只好解散了队伍。活动虽然被强压了下去，但她还是送给了我一份大礼，在彩色对开大报上给我发了一个整版诗歌，达 21 首之多，而且配上一张硕大的彩照。我自嘲说，澳大利亚人民还没有做好接受我去竞选他们的"总统"的心理准备呢，搞得如此夸张？这份报纸我一直没敢在朋友圈里晒，那是因为本尊心虚，浪费了她的一番良苦美意。

Ms Chen 与我是同龄人，在大上海出生长大，大学毕业后远赴澳大利亚留学，学成之后没有归来，而是选择留在了异国他乡。她单枪匹马在澳大利亚栉风沐雨，开疆拓土，成家立业，如鱼得水。尽管，海外的华裔一代生存压力也不小，但外国那种慢节奏生活还是蛮养人的，她跟我妻子的年龄不相伯仲，但她青丝黑发，面色红润，神采奕奕，身体素质极棒，一年到头连感冒发烧都鲜有发生，看起来比我妻子要年轻许多。

欧美澳日等西方发达资本主义国家医院少，规模小，环境幽雅，服务周到。曾有医生朋友戏言，外国的医疗专家终其一生能经手三例疑难杂症病例已是万分庆幸，十分不幸的是，咱们的医疗专家有时候一天就要做三台疑难杂症手术。前些天，妻子还绞尽脑汁托熟人帮忙，在国内生意兴隆，人声鼎沸，一床难求的"人民医院"做了一个妇科微创手术，把我儿子曾经居住过的人生最温馨、最安全的"房子"修理了一番，医生叮嘱，出院后需要在家静养三个月。

做小学教师的妻子整天生活在高压之下，常常被弄得心烦意乱、灰头土脸、焦虑不安。现在的独生子女都是家庭的宝贝心肝，是不折不扣的"小祖宗"，打不得，骂不得，甚至也说不得，家长动不动就投诉，让教师们活得"卑躬屈膝"。而不管育人，只管训人的校长们，开足马力召开各种各样的大会小会，各种学习、考试、排名、听课、评比、突击检查、加班加点，令妻子已经心力交瘁，疲惫不堪，早已萌生退意，却又心有不甘。工作快三十年了，怎么也要熬到退休，否则，辛辛苦苦几十年一切归零，老无所"养"。所以，她与她的许多同龄同行一样忍耐着、坚持着、消耗着，现在一身上上下下全是小毛病。

年轻时用命换钱，老了时用钱买命，没钱时听天由命。时下的中年人身体素质远远不如老一辈人，我们这一代人提前进入了用钱买命的节点。

这次去澳洲有点匆忙，飞不过去墨尔本陪 Ms Chen 喝杯咖啡了。每天两杯咖啡是她的定量。

　　刚刚在墨尔本安顿下来的著名作家、诗人李松璋兄得知我要去澳大利亚，便发来了热情洋溢的邀请。他的千金刚刚喜得千金，喜上眉梢的他还沉浸于自己"光荣升迁"的喜悦之中，"人逢喜事精神爽"，无不从他的言语中满溢而出。

　　诗人李松璋面容清瘦、长发飘逸、笑靥常开、精神矍铄、从容大度、淡定睿智。他涉猎诗歌、散文、小说、剧本和摄影。他曾经花费数十天时间把澳大利亚走透透，把那里的人文景观、沙漠碧海、飞禽走兽，奇珍异木统统笼络于自己的镜头下，收获了数千帧令人无不称奇的摄影作品。他不仅仅是一个知名作家，还是一名成功的书商，策划出版了许多让读书人惊喜不已的精神食粮。我重返诗坛的第一本诗集《在天涯》出版时，原策划人在设计封面时，敷衍了事，糊弄在下，拿出的两个设计稿老土得不伦不类，不堪入目，都被我干脆利落地枪毙了。松璋兄得知情况后，主动提出要送我一个极富现代感的封面设计，他跟他的设计师李青华女士以最快的速度拿出了两个设计稿，我发给在杂志社摸爬滚打了二十多年的大咖诗人远人兄讨教，他是这方面的行家里手。看完后，他惊讶地说："这才像诗集封面！"我把封面设计发到朋友圈，大家无不拍手叫好。对于松璋兄的这次友情解困，我一直心怀感恩和愧疚，他的这份暖暖情谊将伴随《在天涯》的足迹游历人间，历久弥新。

　　重返诗坛的第一本诗集《在天涯》，不管是封面设计，还是文本品相，都没有令读者失望，让我如释重负。

既然重返文学圈，那就得拿出一些像模像样的作品，以证明自己曾经深深地爱过诗神缪斯，这份"爱"不是浪得虚名。记得2017年7月初，我去澳大利亚度假，在飞机上突然一番揣摩：诗人中，领略过世界上名胜古迹最多的那一小撮人，自己肯定能忝列其中，这是其他诗人所不具备的先天优势，我何不从世界地理诗歌入手，说不定能拨开云雾见明月，别有洞天。

很难想象1788年1月26日
大英帝国菲利普船长
押解杀人、强奸、抢劫、盗窃犯
在这里登陆时的情景
那一定像咸水鳄上岸粗暴野蛮

有一种文明叫火药枪
扳机在大英帝国的手上
帝国要改造泯灭人性的子民
帝国的人性可以随意挥霍

把荒芜之人流放到荒芜之地
所到之处，帝国的枪口当家
在别人家屋顶插上一根欧洲稻草
就变成了自己的家园

繁华淹没旧貌，海水蓝得有些虚伪

　　在情人港守护天外佳人

　　已有经年。悉尼歌剧院升起白帆

　　任凭风浪叫阵，从不起锚

　　那射向对岸的弧形海港大桥

　　比帝国当年射出的子弹还远，还要

　　深入人心

　　一双白鸽站在汉白玉栏栅上

　　热情地打量我，目光十分友善

——《在悉尼湾》

　　这是我写的第一首世界地理诗歌。那次澳大利亚之行共写了五首诗，这组《澳洲杂记》发表在《诗潮》诗刊上，后被《诗选刊》转载。初战告捷，从此，我便撸起袖子，深挖这个题材的诗歌，并一发不可收拾，写出了数百首作品。

　　后来的事实证明，自己的努力方向是完全正确的。

　　我的系列世界地理诗歌深受读者喜爱，频频见诸各大报刊，《西行记》组诗还获得首届博鳌国际诗歌奖。负责撰写颁奖词的澳大利亚籍华裔著名学者庄伟杰文学博士给予了充分的肯定："李立具有开阔的文化视野和精神向度，善于以直觉贯通感性和理性，并以灵动的结构、语调和节奏，将自己对世界和生活的理解，融于精心选取的意象中，去营构心灵化的诗意空间，渗透着人文关怀和批判意识，力图实现'个人对抗美学'的诗歌气质和抱负。《西行记》系列诗作，通过异域风情的观察和思考，与人生、历史、现实进行心灵对话，去践履自己的美学主张，完成个人的精神独旅。其敏锐的触角和自由穿行的艺术力道，拓宽了汉语诗歌写作的可能性。"

读万卷书不如行万里路。当世界万物通过心灵的窗口，进入灵魂深处，并经过筛选、加工、过滤、吸收、消化，去其糟粕，取其精华，潜移默化，成为自己生命中华丽的一部分，不论是侃侃而谈，而是淬炼成文字，这些生命的感悟必定是字字珠玑、感人肺腑、刻骨铭心，能让闭门造车、无病呻吟者相形见绌。

用双脚打磨出来的诗篇，将具有山的巍峨、路的蜿蜒、水的无形、日月的华光。

今年三月的某一天，著名互联网站红网某品牌栏目负责人汤红辉先生突然给我发来微信，说要在红网给我开设《李立行吟》专栏，这真是大白天无缘无故地天上掉馅饼。我与汤总并不熟络，总共打过两次照面，但都没有单独说过一句有温度的话，在深圳的湖南作家不少，也有比我知名的诗人。我没有"受宠若惊"，而是追根究底为什么唯独要给我开这个"天窗"。他说主要是看重我流浪地球的足迹，看好我的世界地理诗歌的广阔前景。窥斑见豹，可见年轻有为的汤总独具慧眼，是一个不拘一格、有谋略、有情怀、有担当、想轰轰烈烈干出一番事业的职业经理人。

曾经在几次诗人聚会上,有诗人当面"恭维"我是世界地理诗歌写作第一人,建议我好好总结推广,提高影响力。对这些朋友的美意善言,我感激涕零,但是,宣传推广固然重要,更重要的是,我的世界地理诗歌究竟还能走多远?这才是我必须直面的难题。

孔席不暖,墨突不黔。走出暗室,走出自我,走向远方的大千世界,拥抱阳光,人生必将风和日丽,海阔天空。像那些鲜艳的花朵,即便是美丽过后暂时凋谢了,来年,又将再次璀璨绽放。

  冷不丁的从绿树丛中钻出,抑或
  与一栋尖顶教堂齐肩,那身紫蓝色的礼服
  几乎快要拖地了,那么扎眼

  白云不在,阳光直勾勾地打在她身上
  她的浓妆艳抹,经十一月春末的寒风过度渲染
  总能勾引眼球,令匆忙的脚步驻足
  打开相机或手机,欲把她的孤傲和冷艳带走
  而那些渴望得到紫外线的关照,在阳光下
  手握啤酒和汉堡消磨时光的人,无论奢侈品店
如何
  高调和张扬,也挖掘不出他们泯灭的欲念

对面街口一个年轻人吃劲跳着街舞，观者寥寥
几个钢镚儿，喂不饱地上空着肚子的琴箱
几只金刚鹦鹉在树枝间跳跃，吊着嗓子
在镜头面前，乐此不疲地卖弄起自己的舞蹈
仿佛，想把那支街舞的影响力消化掉

我无意掠走她的妩媚，我只是悉尼的一个过客
紫蓝色花也是，凋落才是她的归宿。像这个世界
最终会把生命，抛弃在某个地方，在此之前
我跟他们一样，都在争夺生活最好的版面
——《悉尼街头的蓝花楹树》

　　海中央，诗意盎然的澳大利亚赐予我灵感，让我在世界地理诗歌中找到了属于自己的位置。澳大利亚的国宝树熊性情温顺，憨态可掬，十分招人喜爱，它们是从有毒的桉树叶中提取营养，维持生命和繁衍后代的。诗人也理应如此，要从人世的险恶、悲愤、伤痛、磨难、不幸中吸取豁达、积极、乐观、奋发、拼搏、向上和抗争的营养物质，喂养自己的品性和格局，像春蚕一样吐出丝来，使之成为人类文明的宝贵财富。

2019年11月3日夜写于飞往悉尼的飞机上
11月6日晨改于悉尼

芳 华

芳华如梦。

在做梦的年龄，就得让梦如春天的嫩芽般青葱，如花蕾肆无忌惮地绽放，色彩斑斓，迎风招展，招蜂引蝶，灿烂过后就总会有收获。青春不虚度、岁月不蹉跎、人生不欹收。唯有汗水和梦想，才是璀璨芳华的最佳保鲜剂。

记得是1989年11月的某一天，我的老东家，原深圳市宝安县劳动局张玉发局长叫我去他办公室，说有事找我。那时头儿的办公室在三楼，我在二楼办公，我三步并做两步，飞奔上楼。推开头儿办公室的玻璃门，他指着一个瘦高个子中年男士说，是县委党校的斯老师找我。

这个斯老师大名叫斯英琦，上海人，高瘦身材，嘴角留着八字胡，眼窝凹陷，口才极佳，有人说他像极北方的北极熊老毛子。我也觉得像得表里如一，他的笑容里总蕴藏着一份狡黠和自信。他说他正着手准备成立宝安诗社，从县文化局何鹏先局长那里知道的我，便找上门来了。但斯老师并不擅长写诗，他最拿手的是文学批评。

当时，深圳特区被戏称为"经济绿洲、文化沙漠"，而深圳特区关外的宝安县更是沙漠中的沙漠。主事的各级领导都致力于文化脱贫，想改变目前这种窘境，四处搜罗文化人才，我就是借着这股东风，中技毕业后被特招进入政府机关工作的。斯老师找我算是找对了人，在读中学的时候，我就创办过"太阳石文学社"，并主编铅印《太阳石》文学报，对诗歌书刊的编务工作也算是轻车熟路。

别看现在仅仅是工作和生活在宝安区这个弹丸之地的中国作家协会会员就有数十人之多，但当年能把文字写顺溜的人并不多，在原宝安县境内（除现在的罗湖、福田、南山三个行政区域之外的总和）写诗的人中，我说我排在第二位，没人敢说自己排在第一位，这绝不是自吹自擂（当然，这巴掌大的地方排第一又怎么样呢？不要说是从前，就是现在也就那么一回事，没什么值得嘚瑟的，拿来说事更是羞于启齿，这里只是顺便一提）。写小说厉害的有才华横溢、青春靓丽的同龄人，《大鹏湾》文学编辑吴君和在某工厂务工的张伟民，前者主攻都市小说，后者在打工小说中颇有建树，张伟民的短篇小说《下一站》令我记忆犹新。县城市管理办公室的孙向学那时虽已涉猎小说创作，但由于我心不在小说，故对他的作品关注不够。我们都是那个时代的追梦人。当年宝安县的第一本个人新诗集和报告文学集均出自夏炎炎之笔（我曾经用的笔名）。新诗集出版时，县政府还特意奖励了我一万元人民币，记得当时宝安县城一套120平方米的房子也才卖3.2万元左右，可见当时的主政者对文化发展是何等的如饥似渴！

宝安诗社成立后，斯老师三下五除二地便从县政府争取来3万元的经费，县图书馆拨出一间办公室作为办公场所，诗社便悄无声息地诞生了。有了经费和场地，那就要拿出成绩向上级领导交差，大家的主要意见是每年出一本诗合集。当时的分工是斯老师、县政府的秘书胡在礼（县长秘书）、县青少年活动中心办公室主任巫作如、县图书馆长叶东球负责对外联络（高明的斯老师最重视这个），编务就交给了我一个人负责。巫作如和叶东球二位并非诗道中人，斯老师把他们拉进诗社，主要目的意在借助他们的影响力来丰满诗社的翅膀，好让诗歌的梦想在宝安这块改革开放的热土上恣意翱翔。

当时，宝安县包括暂住人口在内有一百五十多万，辖区各镇人潮涌动，所有工厂满满当当，写诗的人确实没几个，写得好的更是凤毛麟角。诗稿从收集、整理、修改、定稿一整套流程全由我包办，编辑好了就直接交给斯老师，后面的设计印刷校对就不关我什么事了。这样编辑出版了《蓝窗口》和《蓝海湾》两本诗集，直到我调到市政府机关工作。我从此离开了宝安，也离开了宝安诗社。不久后，听说宝安诗社也散伙了。

打老远赶来赴你青春之约

赶来爱你

尽管已有100万爱你的情人

尽管我已姗姗来迟

那么我就是你的100万零一个

我以诗的真诚起誓

我将用满腔热血

去描绘你的图腾

——《宝安,我赶来赴你的青春之约》

宝安诗社颁出去的唯一一个一等奖,就是颁给我的这首诗《宝安,我赶来赴你的青春之约》。

离开宝安后不久,我就慢慢淡出了文坛,直至最后完完全全地封笔。决绝是我的不二选择,不然,远离文坛的努力将是徒劳无功的。我从报社去到银行工作后,更是心不二用,专心工作,隐于闹市。其间,我与胡在礼和吕静峰两位兄长偶有联系。

记得有一次,在礼兄到我办公室来喝茶聊天,他说他和吕静峰希望我重出江湖,兄弟们联手一起努力让宝安诗社重振雄风。我当时非常严肃地告诫他:"千万别,你们不能打扰我平静的生活。"当初我真是这么说的,而且说得斩钉截铁。

在远离诗歌的那些日子里,我一门心思扑在工作上,空余时间陪家人旅游、徒步、开展各种球类运动等,两耳不闻文坛事,远离尘嚣,心无旁骛,睡得着吃得香,过得平庸而充实。

这是我当时喜欢并竭力追求的生活。

可世事无常,谁曾想到,没出几年工夫,一次机缘巧合,我又自打嘴巴地重拾诗笔。既然回归诗歌圈,我就想复活令朋友们念兹在兹的宝安诗社。深圳作家协会赵婧秘书长和时任宝安区作协主席副主席等相关负责人也积极帮忙张罗,最后终因我的工作规范需要,不能兼职任何社会职务而胎死腹中,功亏一篑。尽管,我向各位伙伴推荐了合适人选来担任诗社社长之职,但总因方方面面的原因而卡壳,最终不了了之,抱憾之极。

宝安诗社的创始成员大部分现已失联,仍旧在宝安中专教书育人的桂晓军老师虽然联系上了,但她已远离文字多年。骨干成员如斯英琦、方小红、廖国耀等同仁都不知所踪。胡在礼是我离开诗歌后联系最多的一位兄长,他乃行伍出身,自幼父母双亡,跟着叔婶长大,为人善良、正直、厚道,是那种女人可以托付终身,男人可以同池撒尿的百分百好人。他虽一直没有放弃诗歌,但也一直游离于诗歌边缘,没有真正进入诗歌,天天沦陷于街道办基层管理的烦琐工作中,心神不宁,很难专心创作。尽管他后来又出了一本新诗集,全部采用手写体印刷(均为他自己所书写,字迹俊秀工整,据说是开国内首创,十分了得),印刷非常考究气派,但拜读完里面的诗作,我仍然更喜欢他的第一本诗集,当年由我做责任编辑的《情痕》。

吕静峰兄是一个非常讲义气的人,每次见到我,不管公务多么繁忙,他都要停下手中的活计陪我喝茶聊天吃饭。有时候我自己都觉得难为情,他却把"谁让你是我的兄弟"挂在嘴边。这些年，他虽然没有像我这样毅然决然地离开诗歌，但基本上是干些与诗歌无关的事务，他的作品还是我当年做责任编辑的诗集《阳光灿烂》，几乎鲜有新作品问世。更让人痛惜的是，他在本该逍遥自在的神仙年龄，不慎跌倒，以至于在一段时间里将痛失阳光的普照。但这个情深义重、从不为非作歹、绝不坑蒙拐骗朋友的男人，我愿把他当作永远的好兄弟。

令人意想不到的是，原宝安中专办公室主任黄惠波兄异军突起，无论是为官为文，皆取得不凡成就。当年他千方百计想做成我的红娘，把他的一个即将毕业的女学生，宝安中专的"校花"介绍给我做女朋友，可惜缘分未到，彼此之间没有找到感觉，没能走到一起。惠波兄对此一直"耿耿于怀"，多次提起这档子事，去年的一次聚会还拿这个来说事。记得有一次，他在龙岗区南澳镇委宣传部长任上，我与家人路过该镇，他知道后非要尽一次地主之谊，在百忙之中抽空请我吃饭。这是我们分开十余年后的首次见面。当时他气宇轩昂、红光满面、踌躇满志、意气风发。他告诉我他一直坚持在写，而且越写越有味道，感觉其乐无穷。

他是真正地走进了诗歌，缪斯女神也感受到了他的倾慕和诚挚，并扑进了他宽厚的胸膛。

现如今，他不但贵为龙岗区副区长，而且已经出版诗集五部，加入了中国作协，可谓春风拂面，心旷神怡，为官作文两不误，无疑是宝安诗社中最为成功的一个。这次我想复活宝安诗社，他不顾工作繁忙，不仅积极参与到筹备中来，更是自始至终地给予全力支持，真不愧为一条情义兼具、有情怀有担当的汉子。

一个篱笆三个桩。文学爱好者聚沙成塔，相互学习和促进，无疑是构筑文学殿堂的最佳捷径。当年宝安诗社的影响力在广东省及至全国的文学社团中都拥有自己的一席之地，为宝安文化的"脱贫"和千秋基石贡献了应有的沙石砖瓦，它必将成为宝安文学发展史上绕不过去的话题。

吴君，张伟民，孙向学，黄惠波，李立，这些过去是，现在依然是宝安小说和诗歌创作领域的佼佼者，只要他们不改初心，持之以恒，今后，他们将与更多以作品立身的后来者一起傲然矗立于南海之滨，仍将是深圳宝安，甚至广东省文学界的中流砥柱，无可撼动。

岁月蹉跎，时光如梭，当年意气风发的青年才俊，现如今都已进入不惑之年，回首往事，三十年前的一点一滴仿佛就在昨天，一切历历在目。在同龄人打麻将、蒸桑拿、夜夜笙歌、大玩爱情游戏的时候，我们形单影只、挑灯夜战、伏案疾书。一分耕耘，一分收获，彩虹总在风雨后。努力过了，我们的日子才不会过得浑浑噩噩；打拼过了，我们的生活才有滋有味，饱满充实；奋斗过了，我们才可以掌握自己的命运。从前付出的汗水、泪水、甚至血水，终将赢来丰硕的收获。各行各业，梦想虽不尽相同，汗水和泪水的成分却是毫无二致，咽得下那份苦涩，方能长大成人。在年轻的时候没有虚度光阴，二十三十四十年后的今天，我们才不会被光阴无情地唾弃，既便没有大富贵、也不会因虚度年华而悔恨。

  少壮不努力,老大徒伤悲。任何人任何时代,老祖宗的诤言都是至上真理。

2019 年 6 月 1 日

岁月深处，太阳石熠熠生辉

"太阳石"是人们对煤炭的称颂，称颂它的朴实无华，没有宝石绚丽夺目的光彩；称颂它的坚忍顽强，承受着大地的高温高压；称颂它的无私奉献，燃烧自己，无私奉献着光和热。

我打小就生活在一个盛产"太阳石"的小地方。

黑色的煤场煤堆、黑色的堆积如山的煤矸石、黑色的天轮钢丝绳、黑色的巷道、黑色的斗车、父亲黑黢黢的脸庞、黑色的溪水、黑色的公路铁路、黑色的汽车火车、黑色的房子、"黑色"的树枝树叶、黑色的山丘山峦、黑色的土地、黑色的童年的小脸蛋、黑色的书包里装着黑色的废铜烂铁、黑色的课本，下雨天上学路上黑色的武水河……

天晴时，这条河是清澈见底的，她成了孩子们放学后的乐园。偶尔也会乐极生悲，有些童年就沉睡在她的怀抱里没再醒来，让大人们悲伤欲绝。

广东梅田矿务局一矿小学坐落在一矿家属住宅区，从一矿工地到一矿小学，大概要走四公里远的路程。先要踩着一根一根横着的枕木，沿着火车铁轨走一段路，然后下一个拐了几道弯的斜坡跨过武水桥，再走一段拐弯的上坡公路就到学校了。武水河就流淌在两座山丘之间的峡谷里，横亘在我的上学路上。

武水河是孩子们幸福快乐的源泉，也是大人们惊慌失措的源泉。有些大人为了杜绝孩子下河游泳，确保上学路上的安全，常常用墨水在孩子身上做好记号，以此来验证孩子是否偷偷下水游泳，违者严惩。我记得父亲唯一一次揍我，就是武水河惹的祸，令我的小屁股绽开了"鲜花"。

> 上学路上的小河是父亲心中永远的刺
> 它不厌其烦地哼着那首老掉牙的情歌
> 挑逗着不谙世事的少年
> 赤条条争先恐后地钻进她的怀抱
> 我常在她怀里撒娇在她怀里长大
> 为此父亲的大手经常歇斯底里地扬起
> 凶巴巴的牵挂高悬在我的头上
> 始终没有落下
>
> ——李立《离别》

父亲从井下采掘工做起，勤勤恳恳，任劳任怨，十年如一日，后来因为上过几年学，为人忠厚老实，从无产阶级工人队伍中脱颖而出，被"提拔"为采掘连队的书记员，从此告别了黑黝黝的巷道和轰轰作响的风镐，再一步一步做到采掘连队的副指导员、指导员和党支部书记。在我读初二的时候，父亲已是大权在握的福利科长，管着矿上的商店、食堂和住房分配，这个职位在当时绝对是个"肥缺"。

记得父亲上任福利科长不久，一个矿工夫妇带着两个孩子来到我家，一把鼻涕一泡眼泪地请求分房，说自己上班怎么怎么劳累辛苦，老婆没有工作，自己在临时棚屋栖住七八年了，雨天漏水，冬天漏风，孩子经常感冒。他走后，母亲在清理茶几卫生时，发现茶几上"遗漏"了一包中华牌香烟，父亲从来不吸这种奢侈香烟，打开一看，里面不是香烟，还是二十多张卷成烟状的10元纸币，这在当时，应该是这名矿工两个月的辛苦所得。父亲见状满脸涨红，他交代母亲原封不动地收好，不要动。

几天后，那个矿工再次到家里来探听消息，父亲径直把那盒"香烟"重重地摔给对方，十分严厉地警告说，如果你是这样的话，永远也别想分到住房。那个矿工赔着笑脸听完父亲的训斥，拿着钱悻悻地离去了。后来，父亲还是按照矿上的相关规定给那个矿工解决了住房困难。

那时，我们兄弟姐妹们梦寐以求的就是搬到梅田镇的一矿家属区居住，那里是矿务局的"首府"，比工地干净、清静，房子也漂亮许多，配套设施完善，家家户户都拥有安装了马桶的卫生间，离学校也近，生活方便，但未能如愿。我们一直居住在一矿工地山坡上的几间瓦房里，深更半夜办"大事小事"都得去二十几米开外的公共厕所，山里湿气重，到了冬天冷得刺骨。

直到我读初三时，父亲调到矿务局劳动服务公司任职，我们才不得不搬家，住到镇上的"美梦"终于成真。

80年代初，全国上下刮起了文学旋风，我也有幸被卷入其中。当时，我发起成立"太阳石文学会"，得到了矿务局宣传部的大力扶持。当我把自己想创办《太阳石》文学报的想法告诉宣传部宣传科过华南科长时，他既惊讶又赞赏，很是认同。那时，父亲已调到矿务局印刷厂厂长任上，过科长让我回家找父亲赞助印刷，我说我的话肯定没用。不仅仅是我的话不管用，过科长去找父亲也碰了一鼻子灰。后来，过科长说动了宣传部长，每个季度从宣传经费里腾挪出一点来资助《太阳石》文学报的印刷出版。

当时，全国各地的文学社（诗社）如雨后春笋，纷纷破土而出，大家用以交流的社刊基本上都是油印小册子，铅印的《太阳石》很快就吸引了许多同龄人的眼球。这张由我主编的文学报先后出版了十几期，直到我中技毕业离开梅田矿务局才停了下来。改革开放初期的深圳人常常自嘲道，不丢几辆自行车，不搬几次家就不算是真正的深圳人。我不仅丢过自行车，还丢过当时令年轻人"垂涎欲滴"的铃木王摩托车，前前后后搬过七次家，每搬一次家，陈年旧货就会"瘦身"一次。正如人们常说的："家搬三次穷"，但《太阳石》文学报一直忍不得丢，就是我打算永远离开诗歌的那些年，也一直珍藏着这份铅印小报，人在它在。它曾经承载着我五彩斑斓的梦。

　　……夏炎炎并不满足于青年群体肖像的外表特征的素描，他像80年代的小青年一样，把浩大的世界仅仅看作是"自我"的扩张，通过诗歌来浓缩世界，发现"自我"，认识"自我"，进而发展"自我"……夏炎炎某些诗作的隐涩、朦胧、费解、唐突，正是作者在五光十色的现实生活中探索、追求复杂心理的折光……
　　——葛忍之《让心灵的诗燃亮人生的烛——读夏炎炎的诗有感》（原载《广东煤炭报》1988年11月30日）

　　一分耕耘一分收获。经过不懈的努力追求，我的习作纷纷见于报端杂志，赢得了校园内外的广泛认可。中技毕业时，梅田矿务局宣传部、教育处、团委都想留住我，学校更是想保送我去某大学"代培"，毕业后再回校任教。但我手里握住改革开放的前沿阵地——深圳递过来的橄榄枝就不愿意再松开，离开了坐落在粤湘交界处崇山峻岭的骑田岭脚下的黑色煤城梅田。

　　当年，父亲在梅田矿务局也算是一个"有头有脸"的人物，但他老实巴交，清廉正气，不善结党营私，日子过得紧紧巴巴，凭他的工资仅仅是解决了一家人的吃喝拉撒问题。记得，当时矿务局一半以上的家庭都拥有引以为豪的黑白电视机,每到播出香港武侠电视连续剧,这些家庭就会传出一阵阵欢声笑语,令人羡慕嫉妒不已。而我们家的电视机历史跳过了"黑白"阶段,是直接从21寸乐声牌彩色电视机开始的——我上班的第一年春节,从深圳带回去的。那是我从宝安西乡市场买来的质量上乘的"水货"。

我清楚记得,中技毕业时同学们来家里串门,大家差点把我睡的"床"压塌了。家里真正意义上的床只有父母睡的木床才算,其他的全都是用两条长凳作为支撑,上面铺上一排木板是为"床"了。我睡家里的第一张床是1994年春节,我要带着新婚妻子回家过节,父亲分外高兴地买了一张新床(我上班后每月都给家里寄钱,买床的钱可能还是我寄回去的),还破天荒地派了单位的一辆吉普车到砰石火车站来迎接,这是我第一次享受到父亲的额外"待遇"。到家后,父亲喜滋滋的心情溢于言表,他留下司机与我们一起吃饭,他们还有说有笑地喝了酒。

四年后,梅田矿务局的煤渐渐挖完,资源已经枯竭,单位要解散。父亲所有的财产便是四万多元的遣散安家费,腰里揣着这点钱回四线城市的老家还能买套房安置余生,但在当时的深圳还不够买间厕所,所以他与母亲商量着要战略撤退,回到"大后方"湖南邵阳去生活,"不拖孩子们的后腿"。

当时,我也住着单位的集体宿舍,正在排队等候市政府的福利房,如果购买商品房的话,就会自动失去分配福利房的资格。我跟妻子商量决定,用我们全部的积蓄交付首期款,以姐姐的名义在深圳福田区买下一套48平方米的房子,把父母亲在深圳安顿下来。多年后，随着自己的经济条件不断地改善，父母亲的住房标准也不断提高，确保他们在深圳过上幸福美满的晚年生活。

　　孝敬父母是有福报的，我买给父母亲居住的两套房子，后来价值向上翻了好几倍。

　　　　母亲偷偷告诉我一个捂了二十年的
　　　　秘密，那个一辈子要强
　　　　不服输的老小孩，日思夜想
　　　　在深圳买一套自己的大宅

　　　　他说住儿子媳妇的房子不自在，他用退休金
　　　　每天下楼购买两注福利彩票
　　　　定时收看开奖信息，雷打不动

　　　　母亲说，他越活越矮
　　　　买彩票就能够到越走越高的房价？
　　　　八十岁的人，还那么天真！
　　　　　　　　　　　——李立《天真》

　　不管父亲自不自在，这个"老小孩"都不可能在深圳买得起房子，但只要他高兴，我们从来不阻止他购买不可能中大奖的彩票。全国人民都心知肚明，那堪比登月，全当是做了不明不白的善事。

　　去年九月的一天，父母亲准备去梅林农贸批发市场买菜，那里的蔬菜既新鲜又便宜，他们每周要去采购一次，走到公交车站时，父亲觉得胸闷，便打道回府，去拿病历本上医院看病，当他们乘坐公交车到达医院急诊室时，父亲就不省人事地昏厥过去。平常，一般的陌生电话我都不会接，但那天我却神使鬼差，毫不犹豫地接了。"糊涂"一辈子的父亲，这次终于聪明了一回，把我的手机号码写在他的病历本上。经过及时紧急抢救，父亲终于从在劫难逃的心肌梗死中，战胜了死神。从此，他身上也额外地增加了几个本不属于他的金属支架，有惊无险。

　　好人终有好报，在父亲身上得到了一次应验。

　　"太阳石"深埋地下，被埋没的时间越久，受地壳运动的影响就越长，乌黑的本色就越发铮亮，燃烧时散发出来的光和热越发明亮和温暖，这是人类无法抗拒的。诗歌也如同"太阳石"一般，不论时光流逝多远，它闪烁的光芒总能照亮人类脆弱的心灵，予人以慰藉和温暖。我每每回头凝望，岁月深处，太阳石熠熠生辉。

2019年6月23日

铭记生命中的贵人

生命的桅杆/信念的彩帆/你是赤诚的舵手/摇曳一路风风雨雨/是凄苦的风/把迷茫的我送上/你博大慈爱的船/你把真诚撑成篙/默默地划着/探索的激流涌浪/驾着光阴驾着希望。这首名为《大海情怀——致×老师》，写于中学时代，发于《韶关日报》的诗歌，现在读来稚嫩无比，但皆为肺腑之言，情真意切。这个"×老师"就是原广东省乐昌县文化馆馆长徐志机老师。

徐老师可能已经忘却自己曾经培养过多少文学青少年了，但我却不能不铭记他。他每次颁给我的现在看来非常"简陋"的各种大大小小、参差不齐的荣誉证书，我依然像宝贝一样珍藏着，偶尔拿出来瞅瞅，仍旧爱不释手。这些花花绿绿的"小纸片"，曾经给予我无穷无尽的动力和希望，像一盏盏明灯指引着我向着文学的殿堂艰难而快乐地迈开脚步。

毋庸置疑，徐老师应该是我生命中最"贵"的那部分贵人。

令人开心的是,我一直与徐老师保持着互动,在我离开了诗歌的那些岁月,也从未"离开"过他。重提诗笔后,但凡取得些许进步,就能收到他的鼓励和鞭策,像从前一样。

"你是一个很有情怀的诗人。这种情怀,体现在你对历史的思考,对现实的审视,对弱小者的同情与关爱,对时弊的仇视与针砭,等等。无论是雄浑大气的长诗还是小巧清新的短句,都能给人以震撼,或给读者带来思考,从而引起强烈的共鸣。"对于徐老师的肯定和勉励,我绝不谦让,照单全收。现如今,他已退休赋闲在家,仅能代表他的个人观点,爱屋及乌,有什么办法呢?

不论是昨天、今天、还是明天,我始终坚定地认为,没有诗歌就没有我的今天。是诗歌赐予我幸福美满的生活和充实快乐的人生,对诗歌和生活,我必须心怀感恩。

在诗言诗。在我三十多年的工作生涯中,曾经得到过很多贵人相助,这里就不一一赘述。也就是因为我得到了诗歌的青睐和眷顾,才得以中技毕业后被原深圳市宝安县政府破格录用,从湖南千里迢迢来南奔深圳,从此改变了我的人生轨迹。尽管,后来因为工作和生活等方面的因素,我长时间离开诗歌,但始终心怀敬畏。

记得我重返文坛伊始,著名作家、《宝安日报》编委王国华兄撰写了一篇杂文发在《深圳商报》上,大意是无比高雅的诗歌,不是吃喝不愁的夏炎炎(我曾经使用的笔名)想走就走,想回就能回得来的,文中还隐含着我像社会上的某些人,在某个方面取得了一点成就,就梦想着到文坛沽名钓誉来了。那时,我跟他只有一面之缘,他对我缺乏了解和认识,不知道诗歌早已深入我的骨髓,在不在诗歌现场都是无法撼动的。值得高兴的是,也是这位仁兄在看到我的诗歌文本后,是第一个向我约稿的正式出版物的编辑,还是这位仁兄后来多次在背后毫不吝啬地给予我许多溢美之词,说我重提诗笔后写的诗歌进步巨大(背后表扬,当面批评,跟这样的人打交道,你永远都不会吃亏)。

不打不相识,后来我们成了好朋友、好哥们。

诚然,诗歌确实无比"高尖精深",不是谁想写好就能写好的,这需要禀赋、修炼和勤奋,需要把自己浸淫于琐碎的生活中,不折不扣。21年前我离开文坛时,压根儿就没打算有朝一日要杀个回马枪,故离得决绝。重返诗坛刚提诗笔时,我两眼一抹黑,举目四望,无处投足,连如何投稿都不甚了了,孤独无依,历经挫折和失败。

时代日新月异,诗歌也不可能在原地等我。

我知道,我必须要从头开始,需要系统地学习和阅读,弥补这些年落下的功课,否则,我将永远也赶不上快速前进的浩荡队伍,而只能被队伍扬起的滚滚红尘迷失方向,及至被吞没,无果而终。

后来,王国华兄曾不止一次地说我当年打下的"基础太好",离开这么久还能回得来。诚然,当年热恋诗歌时,我不仅如饥似渴地啃各类诗歌读物，还啃《新华字典》《成语词典》《辞海》等工具书籍，至今还保留着几大本读书笔记。这些沉睡太久的因子需要时间和机缘巧合来激活。

一个偶然的机会，我有幸认识《诗选刊》主编简明老师。他知识渊博，学富五车，性格豪爽，乐于助人，为人却极其低调，在向他有限的讨教学习中，我知道了起笔名的渊源和忌讳（我因此而放弃了自己从1984年开始使用的笔名夏炎炎）、投稿的格式和注意事项、什么是好诗、诗歌创作的技巧及好诗是怎样改出来的等等理论知识，无形之中让我接受了一次正规、及时又极其宝贵的学习，这对我这个苍老的诗坛"新人"来说，不亚于久旱逢甘霖。

他知道我曾经是个小有成就的文学青年后，反复叮嘱我要走正道，不要着急，一定要从写好文本开始。

他说得极是，我急啥呢？我又不用等米下锅，向谁邀功请赏，更不用拼凑一些文字来养家糊口，我可以随心所欲地写些自己所喜所爱所擅长的文字，可以天马行空，顺从内心。何况我也并没有雄心壮志要在诗坛建立千秋功名，终究黄土已经埋到胸脯上了，就算我有这个贼心，上帝也不会给我这个时间了。

纵观诗坛，近几十年来，泱泱大国也不见哪个诗人登峰造极，冲出国界走向世界，能走出小圈子已经是善莫大焉，何况我乎？简明老师平时很忙，他桃李满天下，我从来不敢轻易打扰他。他也不想被我打扰，更不想被更多的人打扰，他曾经还不愿意走进我浅薄苍白的笔尖，我必须绝对尊重他的内心，但我无论如何也不可忘却自己生命中的贵人。

一年多来，我的诗歌创作取得了明显的进步，2018年在"八大诗刊"中的七家《诗选刊》《扬子江》《星星》《绿风》《诗歌月刊》《诗潮》《诗林》上发表了作品，同时在《解放军文艺》《花城》《天涯》《西部》《作品》等名刊频频露脸。尤其是《作品》杂志选发了13首诗歌，并配发诗评共六个页码，这对于离开诗歌长达21年之久，回归才两年的我来说，是莫大的鼓励！《作品》杂志社副社长郑小琼老师曾经在深圳的一次文学沙龙上匆匆见过一面，加上微信但鲜有互动，她在约稿中要求"提供不少于30首诗歌近作"，当时我还很迷惑，没想到能收获如此巨大的惊喜！

尽管写诗和旅行属于两个不同的范畴，但诗源于生活，旅行也不失为生活的一部分，因而它们有着相似之处。李立的旅记诗从某种程度上说，类似于与"走马观花"相悖的"深度游"，他不拘泥于简单的寓情于景，善于以小观大，以景物载体构成表层符号，以醇熟的温度与足够的自身容纳度，在大的格局上，用较为平实的语言对历史和当下进行了细致的剖析……李立的诗歌氛围是宽厚的，叙述笔触是接地气的，并且显露出不凡的担当。

——刘莹《让生活的漂浮物穿透世之尘》

（原载《作品》2018年第12期）

这些刊物的编辑老师都是我应该感激的贵人。

正如某著名诗人所言："真正的诗人，就是他20年不写诗，他还是一个诗人。"

应该为此感到庆幸，自己做到了一个真正的诗人。

重提诗笔两年多来，我在诗歌创作上取得了一些进步，也得到一些评论家的好评和关注，使我的诗歌走进更多人的视野。我深深地知道，仅仅是凭自己个人的努力，是不可能取得这些进步的，这跟众多贵人的帮扶和提携密不可分，对他们无私的栽培和关爱，我将永远铭记在心。正如小时候母亲常常教导我的，我也以此来告诫儿子的："滴水之恩，当涌泉相报。"感恩诗歌和贵人的最好方式，就是善待诗歌、尊重诗歌、敬畏诗歌、绝不亵渎诗歌。我常在心底默默地念着诗歌的好，贵人们的好，严肃认真地对待自己写下的每一行诗句。正如南北朝文学家庾信所言："饮水者怀其源。"

尤其要铭记那些最"贵"的人。

2019年5月30日

那时的爱情，叫爱情

父母给我赤裸裸的序
我写我自己

不去毛毛草草写就人生
如废纸一页在世上消失
我写我自己
思维的笔尖蘸满饱和的汗水
青春的纸笺上写下清晰的手迹

即便人生是短短的几行字
也得用方方正正的正楷书写
不去企求一时的满足而打破天地

发挥猎犬的嗅觉换取亲昵

不为达到某种欲望而不择手段

在诋毁别人中完美自己

不因一时的挫折而写下哀叹

哀叹中丢失自己的日记

用对生活充满热情的气魄

作为立体的彩色插图

让别人带着挑剔去读

——在破坏中完善自己

我写我自己——

只求结尾的时候

没有沉痛的忏悔和叹息

——《我写我自己》

  这首获得"宝葫芦杯"全国青少年诗歌大赛二等奖，在《青少年文史报》头条发表，《中学生作文选刊》封二转载的诗歌，让我收获了来自全国各地300多封读者来信，其中就有一封来自东北某师范学校一位名叫熠的女孩。她的信是那么的与众不同，一下子就抓住了我怦怦直跳的心。

  这个多才多艺的女孩洋洋洒洒写了七页纸，工整俊秀的字里行间找不到一个标点符号，仿佛布下一个云山雾罩的巨大文字迷宫，令人兴奋不已而又寻觅不到出口，直至读到第三遍我才洞悉芳心。从此，我们开始了你来我往的鸿雁传书，并迅速坠入了纸上爱河。尽管，我们从未谋面，但我们的感情是纯洁而真挚、执着而热烈的。彼此之间用情之深，不是把"距离产生美"挂在嘴上的现代人所能理解的。那距离确实遥远得有些令人望而生畏，坐绿皮火车光耗在路上来回就要十余天，而且需要多次转车，当时的社会治安状况不能令父母放心，他们坚决不同意我北上是情有可原的。记得，有一次我萌生给她挂个电话的念头，三天都没有接通，最后只好无奈地放弃，写信是我们唯一的情感沟通方式。

我与她的故事，其实就是一首凄美的爱情诗，一切文字的描述都显得苍白无力。它始于诗，终于诗，每个细节都富有诗情画意（至少我是这么认为的），我重拾诗笔后写过一首《那时的爱情，叫爱情》，里面饱含着我想表达，而随笔又无法表达的意境。

那年拙诗《我写我自己》赢得缪斯的垂青
在一次诗歌冲突中杀出重围
300多封飞鸿从天南海北像雪花一样
飞进南国煤城那个潮湿阴冷的冬天
你晶莹剔透的清纯成功偷袭我毫无设防的心坎

那是你精心刺绣一首优美绝伦的朦胧诗
洋洋洒洒如七叶扁舟驰入我浅浅的眸子

稻花一样绽开一个标点符号都显多余
读着读着我就走进你芬芳的迷魂阵
没法喘气
我欣然缴械成为一个少女唯一的俘虏

万里之外的北国佳木斯冰天雪地
你的心灵像雪花一样冰清玉洁
你说你心中的太阳已冉冉升起
你说夏日炎炎的阳光照耀你温暖的大地
从这个冬天开始无论身在何处
你的心只选择在温暖的南国过冬

那时手机还在娘肚子里没有诞生
洁白的信笺承载着我们彼此牵挂和喜怒哀乐
写信等信是我从幸福到痛苦的轮替
是你少女的温润开发了我原始的激情
我沸腾的青春热血喷薄出源源不绝的诗情
像北国漫天飞舞的雪花飞进你多情的梦里

你说你只做太阳身边一颗闪闪发光的小星
你给自己取了一个笔名叫熠
你写给十八岁男孩生日那本厚厚的情诗和歌曲
是你心灵深处的真情独唱如歌如泣

纸上绽放的泪痕如桃花吐出的淡淡忧伤
每次捧读我的热泪都会夺眶而出如醉如痴

我们用密密麻麻的思念和对爱的信仰
在洁白无瑕的信笺建起五彩缤纷的爱情小屋
住着我们圣洁的初恋纯朴的憧憬
那是少男少女神秘的圣地
收容着我们纯粹的欢笑和晶莹的泪水
而把北方的寒风南方的细雨统统关在门外

我们相约寒假去东北看雪看四点钟的晨曦
去读你的红唇去收获你的呢喃
父母的担忧被我的蛮横无理顽强击退
但你老乡粉碎了我们常在梦中彩排的第一次拥抱
他现身说法证明山长水远天寒地冻
我坐绿皮火车转车两次到达时已变成一根冰棍

这是一次激情的风向标命运的分水岭
春节过后我们都忙着学业和未来的前程
你毕业回到东北家乡县城教书育人
而我来到离你更加遥远的深圳艰苦打拼
感情从冷静到冷却走过一年的痛苦历程
自此情诗跟我的心灵不辞而别

时光在我身上雕刻 30 年痕迹斑斑
我偶尔从箱底翻出那本伤痕累累的
《给我至爱的夏炎炎》手抄本就像捧着一块心病
我和我的妻子不禁泪光滢滢
为你的痴心和才情，也为易逝的青春
和多么脆弱的爱情

轻轻抚摸印着你鲜红吻痕的相片
再从镜中窥见自己已鬓发斑白
几条蚯蚓在我的额头上不停地蠕动
它慢慢牵引我走向人生最后的哪个小小土堆
而你此刻，依然那么青春那么天真烂漫
那么美丽动人
而我此刻，依然坚信那时的爱情
叫爱情

——《那时的爱情，叫爱情》

  这个让人刻骨铭心的美丽故事后来左右了我的情感生活很长一段时间，以至于我常常迷失自己，在爱情面前表现得双眼恍惚，进退失据。直至整整 30 年后的 2019 年 5 月 20 日，我与戴宁、林葭在深圳的某个餐厅喝中午茶，我们再次谈起彼此之间分别后的经历和情感生活话题时，我直言不讳地说，我的纸上初恋就是我的爱情的全部,我跟我妻子只有亲情,没有爱情时,这两个女子像欣赏动物园的黑猩猩一样盯着我大感不解。

1992年的"五四"青年节,单位团支部组织青年团员去桂林旅游,在漓江的游船上邂逅了原人民银行宝安县中心支行的戴宁、林葭一行。当时,我们一见如故,无话不谈,一路相随,甚至说用影形不离也不为过,我跟戴宁照了许多合影,仿佛还能感受到彼此怦怦的心跳,回来后我还特此写过一篇游记散文发表在杂志上。

那时,与我同月同日出生的戴宁长得特别水灵,白皙水嫩的肌肤,瓜子脸蛋,乌黑的刘海下面露出两颗大而有神的眼珠子,一袭白色隐花连衣裙把这个中等身材的潮汕籍女孩衬托得分外动人和讨人喜爱。

回到深圳后,我听说她身边有众多追求者,我的一个家境殷实的同龄朋友还暗恋着她。此后,我便主动消失了,不仅是离开了她们,离开了宝安,也离开了诗歌。那时还没有手机,想刻意忘掉一个人或被一个人忘掉,都不难做到,我把她深深地埋入心底,并把自己隐形于茫茫人海,专心致志于工作。

很久很久以后,一天我陪妻子在商场购物,耳边突然传来一个人喊我的名字。林葭认出了我,而我却没有认出她来。

在相当长的一段时间里,我一直在做减法,刻意淡忘一些事情,只想做一个生活的"傻子",放空自己。从她那里得知,戴宁错失了众多的追求者,至今仍然孤身一人。听后,我十分错愕,怎么会这样呢?简直令人匪夷所思。不久后的一天,我和林葭相约去宝安看望戴宁，除了她那爽朗的笑声依旧之外，完全认不出她了，假若在街上与她迎面相遇，我肯定与她失之交臂。这并不是说岁月对她特别苛刻和不公，而是我不愿把当年那个楚楚动人的戴宁从我记忆深处抹去。

去年底，已经办理了内退手续的她终于走进了婚姻的殿堂。当林葭告诉我这个消息时，我的心仿佛突然敞亮、舒适了许多，真有一种"春暖花开"的兴奋，打心眼里为她感到高兴，特别叮嘱林葭一定要代我向她表示最最诚挚的祝福。我说在大家方便的时候想请她们聚聚，时间由她们来定。最后把聚会时间定在"5•20"，林葭还多此一举地给我一番解释，这个真的已不重要了。

我跟妻子从认识到结婚，只经历了四个月的时间，她是我的高中同学，也是她的同事牵的线，而且前半段不冷不热，后半段突然发力，属于标准的"闪婚"。我说我跟妻子没有爱情，只有亲情。戴宁还是年轻时候一样的心直口快，不予认同。说没有爱情怎么可能一起走过30年的风风雨雨而不被吹散？她仿佛仍然生活在理想主义的那间精致的小木屋里，不愿出来。

当一个身心俱疲的浪子，遇到一个关心体贴、知冷知暖、看得见摸得着的女人，心灵的天平岂有不为之倾斜之理？我说亲情是爱情的升华，我们一步到位，直接升华到了亲情。

当年，深圳有句名言："时间就是金钱，效率就是生命"。修建国贸大厦三天一层楼，连连刷新新中国建筑行业纪录，各行各业发展日新月异，著名的"深圳速度"不胫而走。我们这叫爱情的"深圳速度"。

台湾著名作家,一向拿感情来安身立命的三毛曾经说过:"世界上难有永恒的爱情,世上绝对存在永恒不灭的亲情,一旦爱情化解为亲情,那份根基,才不是建筑在沙土之上了。"后来,她说得更加直白和露骨:"爱情,如果不落实到穿衣、吃饭、数钱、睡觉这些实实在在的生活里去,是很难天长地久的。"

柴米油盐酱醋茶不仅仅是生活的保证,有时候,也是长长久久的爱情所需要的营养。毕竟人间不是天堂,而我们皆为凡夫俗子。

当年,三毛只身一人推着行李箱奔赴万里之外,追求心目中无比神圣的爱情时,"西部歌王"王洛宾借机在乌鲁木齐机场组织大批记者为自己的新作品举行了一场盛大的宣传仪式,走下飞机舷梯的三毛见此情景一脸的愕然,感觉自己被利用了,她强忍住满腔怒火,违心地迎合王洛宾,但这段忘年恋已不再那么纯洁无瑕。被情所困的三毛,121天后选择在台北的家中用丝袜结束了自己的生命。

"别时容易见时难,流水落花春去也,天上人间。"王洛宾为此愧疚不已,他三番五次欲去台北悼念逝者,都被三毛的家人断然拒绝。三毛的家人认为,是他的薄情和自私,让三毛对这个世界感到绝望,最终放弃自己的生命。

仅仅五个月后,王洛宾就带着懊悔和遗憾,追随三毛驾鹤西去了。

"我本将心向明月,奈何明月照沟渠。"诗意的爱情和现实的距离,往往深不可测。

而我此刻,依然坚信那时的爱情,叫爱情。

2019 年 5 月 29 日

远　方

在远方的非洲，季节只有旱季和雨季之分。

每到旱季末期，大部分河段会逐渐干涸，只剩下一个个低洼小水塘，里面充斥着河马、鳄鱼和鲇鱼（生命力脆弱不堪的鱼类已死的死，逃的逃），还有每天日落月升时前来喝水的狮子、豹子、水牛、角马、斑马、大象等野兽。资源非常有限，这些离开水就活不下去的动物们为了续命，相互之间推搡、打斗、忍让、迁就、死亡，大家伙驱赶小可怜，小可怜见缝插针艰难求生、以求不被浑水淘汰，只有那些膘肥体壮的河马在一个个在水塘里张开血盆大口，凭借着两颗锋利的獠牙占塘为王。它们把动静搞得恫疑虚喝、声嘶力竭、水花四溅、日夜不宁、水质浑浊不清。

这有点像当今诗坛现状。

一个诗友在朋友圈公开抱怨说，天天有"大家"让他转发诗歌，他看得过来吗？他又不能不转。其实，他完全可以冷处理——熟视无睹，只要他没有魂牵梦萦那点浑水。某报副刊部主任常常要求他熟悉的和不熟悉的诗歌爱好者给他转发微信链接，不厌其烦地在微信朋友圈爆炒自己的分行，霸占手机屏幕和眼球。鳄鱼可以把鲇鱼玩弄于股掌之间，甚至生吞活剥，已经让鲇鱼们望而生畏、呼不给吸，何况可以一口致鳄鱼于死地的河马？据说，尽管河马是不折不扣的素食主义者，但每年在非洲杀死的人首屈一指，这个杀人冠军平时表现出一副十分和蔼可亲的模样。

有一次，我在一个作协会员微信群里发了一个链接，一个作家朋友直言不讳地告诫我说，发诗歌链接到朋友圈博取阅读量的做法是庸人所为，发那么多微信群更是毫无意义。当初，我脸上还有点挂不住，十分不以为然。后来仔细思忖，觉得他说得不无道理。

诗坛的现状原本就是山头林立、各自逍遥、自娱自乐，已严重娱乐化，看谁玩得嗨。2017年我刚重提诗笔时，也曾想四处蹭个脸热，有人把我的诗歌推到微信公众号，我就千方百计或者死皮赖脸地找人发发朋友圈，增加一点阅读量，不然觉得很没面子，仿佛阅读量越大，诗歌就写得越好似的，其实只是炙冰使燥罢了。而且，我不但从来不收受读者打赏的钱币，自己还带头打赏，多则100元，少则20元，觉得编辑辛苦了，打赏一下是应该的，久而久之，这种自欺欺人的做法，我就感到毫无意义。

正如一位诗人朋友的太太一针见血地说，你们就是圈子里那几个人玩，出到外面来谁认识你们？你们自视清高，而瞧不上娱乐圈的大腕，人家是赚钱如秋风扫落叶，那叫盆满钵盈，赚的是社会大众白花花的银子和眼泪，你们的诗集除了在圈子里相互兜售之外，还有谁会买？我被她数落得如坐针毡，仿佛在大街上被人剥去了遮羞布，恨不得钻进地缝里去。

可惜没有。

应该没有人统计过中国到底有多少诗人（没有一个合情合理的统一标准，确实也没法统计），但有人大约估算了一下，中国每天能产出大约两万多首现代"诗歌"。我的乖乖，这个数字非把李白杜甫这些先贤们吓尿不可（对不起，请允许我也使用一次"爱国词"），当下中国汉诗之所以如此丰产，这可能要拜互联网所赐，传播容易了，而且，一而再再而三地降低诗歌的门槛，分行便是"诗"。但到底又有多少读者呢？正如前面的那位作家说，又有多少人读诗？就算读过又有谁记住了？就算有人暂时记住了又有多少能让后人传颂？这些都要打个大大的问号。

据知情人士说，某省作家协会主办的《××文学》每期保底印数300册，100册用于赠送各相关机构、图书馆、作者样刊和自然订阅者，200本丢在办公室等着当废纸卖掉，可见真正订阅者寥寥可数（我不知道是真是假）。某知名杂志资深编辑曾在自媒体发布过一篇在民间广为流传的文章，预测中国的纸质刊物会在多少年后消失。我认为这是个不折不扣的伪命题，就算全世界的纸刊灭亡殆尽，有各级财政做坚强后盾，中国的纸刊依然会有滋有味地活在世界东方。这是国情所致。

如此预测,难免不是杞人忧天。

我自己最近自费出版了一本诗集《在天涯》(这是我第一次自掏腰包出书),想着让它与真正的读者见面,我只赠不卖,不主动向大咖们赠书。为了杜绝白捡的拿到就丢的现象发生,我要求受赠者自掏快递费,可吆喝了大半个月,也才送出去200来本。如果卖,想必更是惨不忍睹。

一个农民老诗人天天在朋友圈里卖力兜售他的诗集,说今天谁谁买了他的诗集,今天有肉吃了。这虽然有些娱乐成分,但也客观地反衬出诗坛的某种尴尬现状。好在我头脑还算清醒,一开始就送出几百本给母校的学弟学妹们,他们可能还会给足我这个学长一点薄面,不会顺手就丢进垃圾桶,不然,1000本书堆在家里还是个不小的累赘。

记得有一个笑话,一个诗人自费出版一本诗集,卖不出去,便买了一个车位用来堆放。过了两年,诗集没有卖出几本,车位从8万涨到了20万。

当然,河马级的诗人要卖几本书也不是一件太难的事,终究鲇鱼太多,鲇鱼们还得仰河马们首是从,争取在有限的空间里苟且下去。

前些天在网上读过某著名作家的大著《为什么作家比狗还多》。他把狗分为宠物狗、狼狗、哈巴狗、野狗、癞皮狗、落水狗,等等。作家亦然,阿猫阿狗会写几个字就能当作家。他分析造成这一壮观景象的原因,是门槛太低。

其实，诗坛更甚。

尤其是，近年来口语诗肆无忌惮地横行，有些口语"诗人"一年能高产数千、甚至数万首"诗"，但摊开来读，连日记或新闻稿都算不上。造成这一壮观景象的主要原因，我认为最重要的一条是土壤使然。没有信仰，内心空虚的大众需要挥霍掉体内过剩的荷尔蒙，他们需要找到一个廉价的发泄出口，简单的分行文字就这样不幸成为大众的公共玩偶。

诚然，岁月如梭，旱季转瞬即逝。

当雨季的脚步声来临，豆大的雨点像魔术师一样再次唤醒深藏在地下的绿色，曾经干涸龟裂的非洲大草原眨眼间就换了新装，青葱欲滴的青草绵延千里，各类野生动物神不知鬼不觉地回来了，草原处处充满着生机。尤其令人欣喜若狂的是，动物们纷纷抓住这黄金时期分娩后代，新的生命如一缕春风在草原上奔驰，给草原增添一派欣欣向荣的活力。我想，中国诗坛也理应如此，白天短暂的喧嚣和狂躁过后，将迎来夜晚的沉静和深思，经过月光的呼唤和露珠的洗涤，一轮金灿灿的红日如一首亢奋的诗歌，在古老的东方喷薄而出。

"野火烧不尽，春风吹又生"。远方与诗，只要诗人们深刻反省、焚香以诚、虔诚以待，就不怕唤不回。中国新诗就像青草一样，深深扎根于华夏沃野，年年岁岁青黄相接，欣欣向荣，生生不息。

2019 年 5 月 20 日

俗人、天才、大师及其他

某日，几个志同道合者聚会，大家一不留神就谈及了"死"这个话题，再从"死"引申到俗人、天才和大师。

作家王国华兄说，他一直都仰视死亡，敬畏有死心之士，不惧死亡之人。他敬佩海子，年纪轻轻就悟出了生与死的人生哲理，为了升华自我，毅然决然赴死。作家李爱华、徐东和我坚决不予认同，我们认为死亡是世间最容易办到的事，三尺绳索、半瓶农药，或者从高楼轻轻一跃就能搞定的事情，两眼一闭一了百了，从此耳根清净，这有什么可推崇的？无意义的死不亚于生活的逃兵，选择生存可能要面对重重的艰难险阻，经受数不胜数的挫折和失败，甚至是不堪，这需要强大的内心和勇气。

只有历经磨难而生生不息的生命，才应该得到尊重和敬佩。

人们常说,好死不如赖活着。更何况,我们都是从父母身上掉下来的肉,为人儿女者既没有尽忠,又没有尽孝,就"刻意"让白发人送黑发人,这既违伦理也欠道义,我们不仅不应该给予鼓励,甚至吹捧,而是要给予斥责。

国华兄说我们就是一些俗人。我欣然接受了这个"俗人",我认为俗人也比死人强。

作家远人兄说,海子是个天才,他来到这个世界上的起点就是终点,终点也是起点,选择死可能是他最好的选择。他无法把握自己的命运,因为他再也不可能突破他自己了。就算他继续活着,也成就不了大师,只有两种结果,继续写下去,极有可能变成庸庸碌碌的俗人,从此不写,像某些朦胧派诗人,他可能保住头顶上已锈迹斑斑的"天才"的光环,但可能生活在极度的郁闷痛苦当中。世界上大师级的诗人,最初都是天才,他们在人生漫长的奋斗过程中,不断地突破自己,燃烧自己,升华自己,经过浩荡岁月的沉淀和洗濯,终于成就为大师,如美国诗人惠特曼。

远人兄对世界各国大师级画家、作家(诗人)颇有研究,写过数十篇人物随笔发表在国内外媒体上,说起大师总是娓娓道来,滔滔不绝,如数家珍。

国华兄说,远人兄的天才与大师的区别论,让他醍醐灌顶。不拘小节的国华兄尤其擅长散文和杂文写作,为了搜罗写作素材,他走遍了深圳的大街小巷,出版著作十八部之多,最近出版的《街巷志》,读者口碑颇佳,一版数月内售罄,目前已经再版，他是一位十分勤奋的高产作家。他与远人兄总能一唱一和，心心相印，惺惺相惜。

我曾经在拙文《做一个正常的诗人》里对海子进行过探讨，但我还是想把鹰子先生的一段话贴在这里："海子的死并不是一种什么对诗歌的宗教化献身，并未有什么政治、宗教力量来干涉他的写作，无论怎么美化，也与'功利化写作'脱不开干系，不就是写了几年诗歌不被主流话语权机构重视认可吗？不被当代民众所趋之若鹜吗？如果这也算什么诗歌精神，那像佩索阿那样，生前写了一万多首诗全都锁在箱子里，死后才被人发现发表的'无名诗人'又算什么精神呢？一生都在居无定所颠沛流离中写作的里尔克又算什么精神呢？更不用说跟长期在流放中写作的曼德尔施塔姆，连洗碗工也做不成的茨维塔耶娃相比了。因此，对海子之死的过分宣扬，不但不是对诗歌精神的弘扬，反而是对诗歌精神反面的一种恶意炒作罢了。"其他就不再赘述。

我想借助远人兄的话题，说说真正的大师，说说大师级诗人惠特曼。

沃尔特·惠特曼（1819年5月31日—1892年3月26日），出生于纽约州长岛，美国著名诗人，其代表作品是诗集《草叶集》。他只上了6年学（这无疑具有天才的资质），人生的第一份工作是印刷厂学徒，然后做过乡村教师，当过信差，在报馆排过字，任过编辑和记者。他喜欢游荡、冥想，以及领略大自然的美景；但他更喜欢城市的大街小巷，喜欢歌剧、舞蹈、演讲,喜欢阅读荷马、希腊悲剧以及但丁、莎士比亚的作品。仿佛世上的一切都能吸引他的眼球,令他如痴如醉。

惠特曼做过许多工作,却做不长,常常在不同的工作间漂浮,放逐自己的灵魂,自由流浪。当他目睹当时很普遍的奴隶贩卖现象,激活了他内心深处的悲悯情怀和对世间黑暗的憎恶,于是,愤怒出诗人,他开始写诗。

他的诗歌像是长满美利坚大地的芳草,生气蓬勃并散发着诱人的芳香。他在诗歌形式上的大胆创新,开创了"自由体"的诗歌形式,打破了传统的诗歌格律,以断句作为韵律的基础,节奏自由奔放,汪洋恣肆,舒卷自如,具有一泻千里的气势和无所不包的容量。他开创了美国民族诗歌的新时代。

《草叶集》是诗人唯一的一部诗集,前后共出版了九次。诗歌选材广泛,内容丰富,里面既有对美国民主自由的歌颂、对农奴制度的抨击,也有对美国壮丽河山和普通民众的热情赞美。南北战争期间,惠特曼作为一个坚定的民主战士,显示了他深刻的人道主义本色。战争激烈进行时,他因感情深厚的弟弟在战争中受伤而来到华盛顿去充当护士,终日尽心护理伤病的兵士,以致严重损害了健康。那时他的生活并不宽裕,却把节省下来的钱全都用在伤病员身上。他以惊人的毅力充当护士将近两年的时间,大约接触了10万名士兵,有许多人后来还一直和他保持着联系。

通过我发出了许多长久喑哑的声音,

许多世代的囚徒和奴隶的声音，

病人和绝望的人、盗贼和侏儒的声音，

准备和生长的循环的声音，

命运的声音，子宫和精子的声音，

被践踏的人们要求权利的声音，

畸形的、卑贱的、愚蠢的、被轻视的人们的声音，

天空中的烟尘、滚动粪球的甲壳虫的声音。

——沃尔特·惠特曼《草叶集》

这些铿锵的"声音"穿透岁月的锈蚀，穿越国界、肤色、语言，穿越历史的云雾，响彻世界的各个角落，振聋发聩。

仅仅是出类拔萃，还成就不了大师。大师还必须策马扬鞭，星夜兼程，开疆拓土，要拥有别人无法撼动的立足之本。

大师不仅仅要有大情怀，还必须要有大胸怀，有勇立潮头的担当。有风欲摧之、雷欲劈之、雨欲灭之，却依然挺立不倒的脊梁。大师可以不横刀立马，但面对丑恶必须横眉冷对；可以不兼济天下，但面对卑微弱势者，必须满怀悲悯之心；大师可以不是圣人君子，但必须是不为两斗米而折腰的谦谦君子。

大师手中握着的不是一支涂鸦山水，软弱无力的"毛笔"，只会笔下"生花"，描摹风花雪月。大师手中紧握着的必定是一把闪着寒光的利剑，或是一盏熠熠生辉的明灯，能让玩世者和愚昧者不寒而栗，能照亮大多数人内心深处的黑暗和寒凉，经得起历史和时间的检验，而不仅仅只是让人耳目一新，心头

一热。

没有天才之才，也缺乏大师之锐气和胆魄的，就老老实实做一个俗人吧，天下之大，天才和大师终归只是凤毛麟角，俗人才是大众。

我这里所说的俗人，应该是具正气、善良、勤劳、无害人之心、不饮盗泉之水、不受嗟来之食、不谋不义之财的那种人，日出而作，日入而息，不管从事哪行哪业，都甘于过一种平平淡淡的生活。有一种人既不是天才和大师，又不承认自己是一个俗人，常常自命不凡，喜欢装神弄鬼、装腔作势、故弄玄虚、天生缺乏"翅膀"，却喜欢在意淫的天空中肆意飞翔，我喜欢称这种人为"鸟人"。但凡喜欢自封为什么"××诗圣""诗坛×公子""诗歌王子""情诗王子""抒情公主""打工皇后"等等的人，便是典型的满天下寻爹而不着的"鸟人"。

还有一种人，在诗人圈比较突兀，就是只认官位和名人，这种人就是地地道道的钻营小人。这种人一旦对方失势，或者再无利用价值便会立即改弦更张，甚至会落井下石，对旧主子狠踩一脚，作为向新主子的献礼。

做不了天才和大师，也不要做"鸟人"和小人，那就踏踏实实做一个敬老爱幼、为父母养老送终、与爱人携手到老、笑看儿孙满堂的俗人吧。咽辛苦得来的饭菜，喝汗水换来的米酒，品平常人家的粗茶，上班不偷工耍滑，下班能遵纪守法，遇见不平事搭把手，受到不公时发句牢骚，遇弱者不凌霸，遇强者不低头，风高夜黑早点回家，看儿孙绕膝嬉闹，累了困了搂着爱人踏实睡觉,不去"为赋新词强说愁",写不写诗无关紧要,随个大流,其实挺好。

2019 年 6 月 10 日

做一个正常的诗人

2019年春暖花开的三月一天,《海燕》杂志主编李皓兄来深圳讲学,主题大意是"如何做一个正常的诗人"。课程最后罗列了几个深圳诗人的名字,没有夏炎炎或者李立我无话可说,竟然把某前女诗人位列榜首,并冠以"打工女王",让我顿生时光倒流的错觉。我真想立即站起来问候一下李皓兄,问他什么叫"打工女王"?是谁册封她为"打工女王"的?

在互动环节,我一改平时从不发言的陋习,是第二个抢到话筒,我强烈建议他把她拿掉,她不应该成为深圳诗人的骄傲,而是深圳诗人的耻辱!甚至是深圳人的耻辱!她是一个彻头彻尾的不正常的诗人,或者说人。

我跟她很熟,跟她男朋友也就是后来与她狼狈为奸的老公很熟,是隔壁的老王般的熟,是真熟。我是看着她长大的,看着她膨胀的,她走上犯罪道路我是后面才知晓的,这是必然的结果。严格意义上说,不应该把她放到诗人行列,当年她名下的诗文基本上都是出自他人之手,是她老公组织的一帮打工仔的集体结晶,我也曾经为此出过绵薄之力,只是不耻于他们的行为,后来渐渐地疏远了他们。她疯狂地骗到名之后,便开始疯狂骗财,假讲学、传销、非法集资、办空壳公司空手套白狼,只要不流汗来钱快,啥都敢干,坑苦了深圳很多本来就十分苦辛的打工仔打工妹和文学青年,金额高达数亿元,东窗事发后与老公离婚(有人说是假戏真做),让其卷款潜逃,自己锒铛入狱。

一位上当受骗的著名诗人咬牙切齿地说:"我这辈子都会不停地找她、恨她、咒她,下辈子都不会放过她。"

几十万元对一个诗人来说,确实是个不小的数字。我能理解他的愤怒,也深表同情和惋惜。我有幸没能成为她的一位受害者,我为自己早早远离她而深感欣慰。试想,一年到头熬夜爬格子,挣几个铜板何其不易?竟然就这样不明不白地打了水漂。

正常的人,应该是一个善良、正直、豁达、善独立思考、无害人之心、能自食其力的人。你能说她是一个正常的诗人?我重新回到文学圈时,一个诗人微信群里有人聊起她,依然充满着敬意和仰慕。待我把情况一一摆将出来,群主和群员竟然众口一词,说文学归文学,做人归做人,一码归一码,不可混为一谈。真是可笑之极!文如其人,人品如此糟糕透顶,文品能好吗?如此简单的道理都不明白,令我不禁哑然。后来,我退出了那个不大"正常"的诗人群。

还好，聪明过人的李皓兄接受了我的建议。

李皓兄还提到最近又有一个诗人自杀了，鼓励大家要热爱生活、好好活着、好好写诗，不要学海子。我是坚决支持，非常认同的。

说实话，顾城的诗我读过几首，海子的诗我真是一首也没有读过，请宽恕我的浅薄无知和孤陋寡闻。我知道，这两位诗人在眼下这片广袤土壤，仍然有一定的市场，我不敢妄议，否则，怕被他俩的拥趸者的口水淹死。但是，我不希望自己和年轻诗人去学他们，作为一个人来讲，作为一个生命来说，他们就是一个失败者，一个生命的逃兵。我尤其要鄙视顾城，他自己自杀之前，还把自己的妻子砍死，这要有多大的仇恨才能下得了狠手？更何况是同床共枕十数年的妻子，亲生儿子他娘？俗话说一日夫妻百日恩，他怎么能如此残忍？就是老婆有千万个不是，也应该交给法律去仲裁，而不是惨死在他冷酷的斧头之下。

记得我重拾诗笔伊始，某诗人想在深圳搞一个面朝大海的海子诗歌奖，让我帮忙找企业拉点赞助。当时，我虽然对诗坛不甚了解，不知道哪里有山头，哪里有沟壑，但对海子还是有所了解的。我直截了当地提出质疑，海子跟深圳八竿子也打不着，为什么不弄一个"深圳诗歌奖"呢？多么接地气的名字！天时地利人和整整齐齐，非要舍近求远？但理念不合，不欢而散。所以，我不假思索地严词拒绝了。

我认为，海子自杀的时候还是个有些冲动的孩子，就不要去骚扰他了，让他安息吧。一把年纪的人了，自古至今，中国有那么多伟大的诗人你不去研讨宣讲设奖纪念，偏偏要拜倒在一个自杀的孩子脚下，是为哪般？

死者为大，入土为安。我绝没有不尊重海子的意思，只是就事论事。那些动不动就把海子抬出来，以"海子"捞取个人名利之人，才是在亵渎海子。

著名诗人，《诗潮》诗刊主编刘川兄有一句名言："少不读昌耀，老不读海子。"我深以为然。

其实，民间早已有停止炒作海子的呼吁，如草根评论家唐小林的大声呐喊：《"海子神话"该降温了》（见《文学自由谈》2013年第5期），但是，温度不但没有降下去，反而有爆表的趋势。

海子的死并不是一种什么对诗歌的宗教化献身，并未有什么政治、宗教力量来干涉他的写作，无论怎么美化，也与"功利化写作"脱不开干系，不就是写了几年诗歌不被主流话语权机构重视认可吗？不被当代民众所趋之若鹜吗？如果这也算什么诗歌精神，那像佩索阿那样，生前写了一万多首诗全都锁在箱子里，死后才被人发现发表的"无名诗人"又算什么精神呢？一生都在居无定所颠沛流离中写作的里尔克又算什么精神呢？更不用说跟长期在流放中写作的曼德尔施塔姆，连洗碗工也做不成的茨维塔耶娃相比了。因此，对海子之死的过分宣扬，不但不是对诗歌精神的弘扬，反而是对诗歌精神反面的一种恶意炒作罢了。

——鹰之《海子究竟算几流诗人？》

某日，我把深圳诗人朱建业写的一首诗《赞美海子是有罪的》转发到朋友圈，立即炸开了锅，引来各路英豪加入论战，还惊动了德高望重的著名诗人、我一向十分敬重的国防科技大学大校刘起伦大哥。大家的主要观点是不能把一个青年诗人的自杀归咎于海子。

我当然知道。不要说与已经逝去了几十年的海子无关，跟我们现在还活着的人也没有半毛钱关系，谁也没有拿枪逼迫他写诗，更没有逼迫他去跳楼。但是，现在铺天盖地的宣传、纪念，连篇累牍的研讨，还有设立海子诗歌奖，是不是存在一个有待商榷的社会舆论导向？终究，那个永远也长不大的"孩子"，生前也是"寂寂无名"，作品难以在主流文学刊物上发表和不被诗坛精英认可，他"成名"于他精心选择的山海关那节铁轨。

我曾经也被诗歌"折腾"得夜不能寐，常常日夜颠倒，没有安眠药几乎没法入睡，我送走过许许多多黑白不分、浑浊不清的日日夜夜，那种痛苦，煎熬，真的能让人失去活下去的勇气。为了做回一个正常的人，我选择了逃离，隐于闹市，埋头工作，拥抱阳光和家人。明知此路不通，非要往南墙上硬撞，往往会撞得头破血流。为什么不给自己多一点选择呢？今天，我不但解决了生存问题，也为社会做出了比写几首诗歌不可同日而语的贡献，自己得到了丰厚的回报，有能力让赐予我生命的父母可以安享幸福的晚年，更留给后代一个宽裕的生活空间，多么充实的人生！

常言道，上帝给你关上了一扇门，必定会给你开启一扇窗，何必要在一条死胡同里纠缠，甚至自残？多年以后我重回文坛，目睹眼前这般景象，常常在心里暗自庆幸，自己当年的选择是多么的明智和正确！

所以，我非常赞同李皓兄的观点：写诗的人，首先要做一个正常的人！

2019 年 5 月 13 日

大家风范和纯粹诗人

吉狄玛加这个名字，但凡码过几年文字的人应该都不会陌生。我与他有过几次"邂逅"，他是尊贵的嘉宾，我是可有可无凑数的路人甲，通俗说法叫群众演员，因为诗歌而呼吸同一片空气，但没有申请加他为微信好友。

有几次去饭店吃饭，几乎所有的楼面经理都想申请加我为微信好友，被我一一婉拒了。这并不是瞧不起饭店的服务人员，更没有自视要高出他们一等的优越感，我只是觉得我的手机内存空间有限，而他们的队伍又十分壮观，交给他们有点浪费内存资源了，与其加上再删，不如光明磊落地予以婉拒。终究，我出去吃饭的机会是非常有限的，去同一家酒楼吃饭的情况更是屈指可数，而她们把有限的时间用在做好本职工作，多挣几个养家糊口的银子比读我几首诗歌要重要得多。就这么简单。

我想，吉狄玛加也会有我这种想法，他所面对的面更加广阔，这并不影响我对他的敬佩。有一次，在一张圆桌上，七八个人天南地北，侃侃而谈，后来就变成了我与他的"对决"，尽管我与他不是同一个级别的"选手"，双方唇枪舌剑，各抒己见，据理力争，互不相让。我们从世界政治大趋势和国内经济发展的方方面面进行深入的探讨和争执，纵使我与他所处的阶层不尽相同，所持有的观点、理念、出发点各异，甚至南辕北辙，直抒己见，但他自始至终都面带笑容，双眼亲和地注视对方，仔细而耐心地聆听，从不轻率地打断我的叙述，也绝不强迫别人认同自己的观点，不以势压人，不急不躁，从容而大度。

　　我认为，这就是君子之风，大家风范。

　　重返诗坛之初，我曾在某"高端"微信群加了某杂志主编（当初不知道他的身份），不久之后就被他剔了。后来在某诗歌活动上见了面，当面扫码又加了他，活动结束后又莫名其妙地被他剔了（我从没有给他发过任何东西，不存在"骚扰"一说）。这时，我对他写的作品已有所了解，尤其是看到悬挂在我们所住酒店里他的几幅书法"作品"，便更不想与他有深入交流了。窃以为，他可能错把小学生练字一样的"书法"当成"特色"了，这种玩意儿的归宿本应该是属于垃圾桶的，最起码也不应该堂而皇之地悬挂在公共场所。记得一位诗人曾经送给一位口水诗人的一句话："字写得不好不是你的错，拿出来吓人就是你的不对了。"我想这句话同样也适合送给这位主编"大咖"了。在这里，我想说的是，大家不是装出来的，需要实力和修炼。

在我"认识"《诗刊》新晋主编李少君之前（其实我至今也不认识他，只隔着空气见过尊容一面，没有说上过一句有温度的话），我想作为国内唯一一家国家级诗刊的主编，应该是万众瞩目，非常"牛逼"的人物。可没想到的是，他意想不到的朴实大方，平易近人，和蔼可亲，压根儿就没有半点拒人于千里之外的意思。尤其是在活动现场和酒店门口候车，他始终默不作声地跟在相关人士的身后，衣着朴素无华，双手向前交叉，始终面带微笑，不显山不露水，既谦逊又得体。

在某市诗歌采风群里我申请加他为好友，他竟然通过了（我想他肯定不知道名"横空出世"的李立是何许人也）。沉默若干月后，我给他发了个"新年快乐"（主要是想试试有没有被他拉黑），不久就收到他回复的祝福。后来，我每一次"骚扰"他（当然只是偶尔为之，不是无节制的），他都会及时地回复，或者是给个笑脸和握手等表情，从来不会冷落我这个萍水相逢的陌生人。

身居诗坛"高位"，手握国刊发表"实权"，却为人淡定、谦卑、低调，能真诚地对待一个并无交织的陌生诗人。我认为，这也是君子之风，大家风范。

有一位粤西的诗人跟我抱怨说，他在某次采风活动中结识了某名刊事业部主任，并自己掏钱招待过大家。活动结束各自散去后，他平时和逢年过节都向这个主任发去祝福和问候，总是石沉大海，人家懒得理睬，让他颇有微词。我安抚他说，把这些福利发给我吧，我保证及时并双倍奉还。

这当然是笑话。这没什么大不了的事情，充其量就是少在一家刊物发表几行诗歌，难道还会饿死不成？用不着耿耿于怀，更没必要怒火中烧，林子大了什么鸟都有。我建议他直接把此君删除，眼不见心不烦，何苦要自寻烦恼！

中国诗人泛滥成灾，惯坏了一些诗歌编辑见怪不怪，僧多粥少，分粥的和尚自然就会成为众所瞩目的香饽饽。在这河道拥堵的滚滚洪流中，如何保持一颗清醒头脑，做一个纯粹的诗人，则是需要认真思考的问题。当今有许多活跃在诗坛的诗人，诗歌写得实在不敢恭维，其出版的作品集子屈指可数，在网上也搜索不到他们的什么诗文，平时更是罕见作品发表，只见其招摇在各种各样的诗歌活动的身影。这些可能于"大跃进"前后出生的"大咖"们，显然是继承了虚夸的遗风。

在我有限的阅读和交际中，作家远人兄应该是为数不多的一个勤奋、多才、低调、纯粹的诗人。他涉猎小说、散文、随笔、诗歌、评论，等等，且样样精湛，现已出版16部专著（这里需要补充的是，这些著作都是应出版社邀约而著，不是自费出版），可谓是著作等身，而简介跟本尊一样朴实无华，或者说是平淡无奇，甚至，你很少见到他在微信朋友圈里刷屏、兜风、卖弄，或者又在某个诗歌活动中与谁把酒言欢，他把有限的时间都用在创作上，而不是在全国各地东游西逛、胡吃海喝、高谈阔论、搔首弄姿。他可以一边跟人聊天，一边写作，我常说他是码字机器人，只要充上电

（不饿肚子），就能源源不断地生产出高品质的文字。尤其让我钦佩的是他待人的那份真诚，宛若一池清水，清澈见底，好就是好，坏就是坏，泾渭分明，绝不和稀泥。这是很多所谓的"大咖"们所不具备的高贵品质。

某日，在微信朋友圈看到作家王国华兄的一段话："有些人，年轻时钻营、投机、鬼混倒也罢了。老了老了，又去骗年轻人，以名流或名家身份，将自己的价值观和生活方式渗透给年轻人，这就比较浑蛋。但这种态势越来越明显。"这显然是国华兄触景生情，忍无可忍，有感而发。我深以为然。

文坛就充斥着这种为老不尊、自高自大、鼠目寸光、自以为是的浑蛋。

雁过留声，人过留名。我们每一个人都是自己的戏子，无论尊卑贵贱，上帝给我们表演的机会都是十分有限的，容不得浪费。我们每一次举手投足，言语谈吐，眉来眼去，甚至是心空闪过的一丝杂念，都会在观众心里留存下来，或闪光，或霉变，或温馨，或寒心，或光彩照人，或目不忍睹……总之，自己说了是不作数的，群众心里跟明镜似的。

2019 年 5 月 28 日

非诗勿扰

重提诗笔伊始，我一直秉持诚惶诚恐、虚心谨慎的心态对待每一个人每一件事，没有作品急着要发，没有协会急着要进，既不想整事，也不想被事整，更不愿稀里糊涂地躺枪，遇到自己无能为力的事情（如果是事关诗歌的事，偶尔也会发几句微弱之声），要不选择沉默，要不选择逃离。因为，我发现凡是手足同胞拥挤的地方，就简单不过来，国内国外无不如是，更何况是感情丰沛、擅长"想入非非"的诗人圈？但我想，既来之，则安之。

安静的安。

就像俗话所说，站在哪个山上就唱哪一首歌，唱不出来或者羞于让人听到，我就在心里自个儿默默地唠叨。

自言自语，天听得到，神听得到，自己听得到。

某日，被拉入某群，某知名女诗人指名道姓说我把她给删了,跟着又来一句:尊重你的删除。我觉得这应该不算什么光辉灿烂的事情,无须拿出来晒晒阳光,或者炫耀什么的。

据说,北上深等发达的一线城市离婚率居高不下,双方情投意合,感觉舒服才能白头偕老,做一个熟悉的陌生人,与其貌合神离,同床异梦,那还不如挥一挥衣袖、不带走半点留恋。做夫妻如此,做朋友更是如此。我也有过被人删除和拉黑的经历,这没什么大惊小怪的。

曾经,我在某群加了某个"大咖"诗人(他的诗歌和书法实在不敢恭维,他可能自视大咖),不久之后就被他删掉了,后来一起参加一个诗歌活动,当面扫码又加了他,不久之后又被他删掉了,对这种自命不凡之人,咱们就没必要用热脸去贴冷屁股。我把他拉进黑名单再删除了,从此以后,我再也加不上他,他也加不上我,一了百了,这样没有什么不好。

在中国,什么资源都紧张,唯独人非常富余,为啥要在乎一人之得失?我一时没有搞懂那位知名女诗人为什么要大张旗鼓地唠叨这回事,也没去揣摩几百人的大群瓜众们会怎样想。我只能选择沉默,或者说漠视,没法回应,让我怎么说呢?打一次无聊的嘴仗?解释?道歉?再加上她的微信重新成为好友?显然都不是。

我已忘了跟她是怎样加上微信的了,但谁加谁都已不重要,总之,刚开始她喜欢在朋友圈里捣鼓一些蜂蜜、书法什么的。有一次来深圳搞个什么养生活动,非要邀请我参加。我本来跟她就不熟络,而且,我根本就不喜欢参加商业活动,尤其讨厌那些故弄玄虚的养生会、书法鉴赏会和太极八卦，无非就是推销会员卡、摊派自己龙飞凤舞的毛笔字及招收几个稀里糊涂的学徒。全国各地每天在深圳搞的各种推销、展览、读书活动多了去了，我不可能都去参加。正如著名作家王国华兄某日在微信朋友圈里大鸣大放地感慨道，金秋十月，深圳的各种活动频繁，主讲大咖好找，台下观众难觅。故没去。中途，她反复提出要到我办公室来坐，我认为她有点强人所难，所以反复又反复地婉拒。

后来，她建了一个卖 A 货衣服鞋子的群，把我拉了进去，我在里面逗留了几日，发现没有我需要的东西，便退了出来，往后几天她又多次发出入群邀请，还常常深更半夜单独给我发些图片信息什么的。见她如此执着，那我就怎么样也要意思一下吧？于是下单买了一件散步穿的黑色 T 恤，她根据我的身高体重，把衣服寄了过来。妻子看见，说："这样的衣服你敢穿出去吗？"虽然衣服质地非常一般，也遭到妻子的揶揄和反对，但我依然决定买下。

收到货后我试了试，至少小了一码。便告诉她太小了。她让我寄回去调换。过了两天她告知我那个款没有大一码的，建议我换其他款。她又发给我一些图片。我随便挑了一款，她说这款要七百多元，需要我补多少差价，还说照顾我，快递费她们来出。我补交了钱，过了几天收到衣服，款式是换了，码子却没有变，我问她为什么会这样？她一脸无辜地说，对方办事人员不力，再给我换，为了弥补过失，她要送我一幅字。说实话，我对此事已经感到非常不舒服，她捣鼓的书法我在她的朋友圈里见识过，绝对不敢恭维，于我来说那就是百无一用的累赘。

此事我没有急着处理，衣服置于客厅茶几上，后来不翼而飞了。后来得知，某日被妻子神不知鬼不觉地直接扔小区捐衣箱了。再后来，我退出了她的A货群，她又反复地单发衣服鞋子书法等图片到我的手机上。再后来，就出现了开头那一幕……

经过我的目测，在诗人这个圈子里，商业的土壤成分比较贫瘠，可供挪腾的空间十分有限，除了小打小闹偶尔兜售几本诗集，弄点早餐夜宵吃吃之外，搞不成什么大的买卖，在此耗费太多精力，实在是得不偿失。如果想要养家糊口，甚至是发财致富，真还得跨界去其他圈子里施展才华。

而我，既然事隔二十多年重拾诗笔，除了安安静静地写点诗歌，偶尔碰到特别喜欢的诗集买来读读之外，真不想再玩耍点除诗歌以外的什么东西。我既没有想过要在诗坛成名成家，也没有计划要在诗坛发家致富，更不敢奢望要在诗坛建立万世功名，写出流芳百世的千古绝唱。我只是想心如止水般地写我自己喜欢的文字，能发表高兴，也心怀感恩，发表不了不伤不悲，更不气馁，诗歌既不能"拔高"我，我也绝不会为诗歌不吃不睡，寻死觅活。重新进入这个人人自命不凡的圈子，我的动机是非常纯粹的，我的心态是非常平和的，我的目标是非常单一的，那便是：非诗勿扰！

余生，遇到好诗就认真捧读，遇上真诗人便诚挚以待。

2019 年 5 月 20 日

朋　友

海内存知己，天涯若比邻。约好今年要聚一次的，日期一拖再拖，一改再改，从三月拖到六月方才成行。

记得去年初，我决定去广州拜会只有一面之缘的温远辉大哥。热情好客、温文儒雅、学富五车的远辉大哥相约了一帮朋友要陪我喝酒。其实，那时我已不胜酒力，戒酒多时，酒与我已形同陌路。在那次聚会上，我有幸认识了一帮文朋诗友，这次就是去会一会他们的，借机奉上我时隔三十多年出版的第二部诗集《在天涯》，并聆听各位的批评指正。

朋友们个个岁月静好，一年中相安无事，与去年相差无几。大家还拿《羊城晚报》编委陈桥生兄来说事，说他还像一个大学生，永远那么年轻。这个北京大学文学博士后听者无意，说者已心花怒放。

当远辉大哥被令爱陪护着走进来时，让我错愕不已。

他消瘦了许多，曾经挺拔的身躯已显单薄，深色的太阳帽遮蔽了一头白发，同时也遮挡了他曾经咄咄逼人的锐气和光芒，瞅着让人心疼不已。去年，他兴高采烈，意气风发，频频举杯，相当豪爽；今年却已滴酒不沾，雄风不再，仿若隔世。世事无常，他和蔼的笑容里饱含着沧桑，细柔的言语中带着一丝丝寒意，令我生出许多感慨来。去年下半年，他为了给拙著《在天涯》写一篇序言，竟然在病中停停写写煎熬了五个多月，煞费苦心，呕心沥血，洋洋洒洒铺陈出一万余字，蒙在鼓里的我还再三催促，现今想来，简直羞愧得无地自容，真乃罪过罪过也。

他说，给我写的那篇序言可能会成为他的封笔之作。听着，让我如临深渊，心如针扎，不知说什么好。

人们常说上天有灵，如果上天真有灵的话，像这样的好人和谦谦君子有一万个理由不应该得到病魔的惩罚。如果是一时失手，上天也要有知错就改的气量。

此前，我与远辉大哥只是素昧平生。他是家喻户晓的著名文学评论家、诗人，原广东省作家协会副主席兼秘书长，蜚声诗坛。我只是一个鲜为人知、重返诗坛的回归者，人家听都没有听说过。在座的人在谈及《作品》杂志越办越好、影响力如日中天时，我不经意间说了句自己1990年就开始在上面发表诗歌了。一位80后年轻女诗人竟然脱口而出："不可能！怎么可能呢？"还好，我对她的过敏反应毫不在意，完全是可以理解的，终究我已销声匿迹21年，我发表作品时她还在牙牙学语，没有听说过完全不足为奇。

我非常淡定地一笑置之,与她解释既毫无意义,也有失风度。不可能就不可能吧,岁月顺手牵羊拐走的东西多着呢,青春、友谊、爱情、健康、雄心壮志,甚至生命,都纷纷败于光阴之手,何况几首无关痛痒的诗歌?

酒过三巡,姗姗来迟的诗人安石榴倒是让我找到了话题。此君长发蓬松,胡须飘逸,肌肤褐黑,仿佛关公之形,只是欠缺一些海拔和不怒自威的气场,其不修边幅、放荡不羁倒能让人看一眼就能跟文化人挂上钩。安君曾在宝安的《大鹏湾》杂志工作过。他说他认识我,在杂志社见过我。但我已经没有任何印象了。

这么多年来,我一直在做减法,刻意遗忘一些多余的东西,好多事情翻过片了,我就不愿意再在心底存着,该删掉的就删掉,该格式化的也不能心慈手软。事是,人亦是。不然太累。

我曾去过多次《大鹏湾》杂志社不假。但是,我只记得两个人了。主编老叶估计早已经光荣退休,时光荏苒,他的尊容我也已忘得七七八八。另外一个女孩,我倒是难以忘怀。

她来自遥远的北国,面容清秀,肩披长发,沉默寡言,才华横溢,常常着一袭素色的连衣裙,显得既端庄又优雅。那时,我与她同是天涯沦落人,怀揣共同梦想和语言,背井离乡的我们有许多同龄人的共同际遇和感悟,交流起来自然就免掉一些遮遮掩掩,彼此无须忌讳,可以掏心掏肺。一年后,我调离了宝安，也决绝地离开了文学，我们从此去联系。此后，她亦政亦文，颇有建树，我真是打心眼里为她感到高兴。这次重拾诗笔，原本想等哪天在某个场合与她不期而遇，顺其自然地接上头。没想到，某一天晚上她通过别人申请加我微信。我们像从未分开过的老朋友一样，冷静、理智、真挚、坦诚、敞开心扉，侃侃而谈。

这个叫吴君的女孩，这个写小说的女孩，通过自身的不懈努力，如今已是成绩斐然的小说大家，深圳市文联机关的中坚力量，发表了有据可查的300多万字的小说，并屡获大奖，令我等当年的许多男士也深感汗颜。

我只佩服像吴君这样以文学作品安身立命的作家，在作家诗人这个群体里，会说会吹会喝会捧会演会送会偷会抢会骗会拉票都是不可以持续的。作品才是一个作家立世的通行证。

她一个单枪匹马南飞的孤雁，一个手无缚鸡之力的娇小女子，在人生地不熟的南国开创一片天地，那是何其不易！个中艰难困苦，别人不知道，我却感同身受。

当年，深圳特区的改革开放搞得热火朝天，如火如荼，特区关外的原宝安县却存在着温差。我所在的单位有个中层干部公然大放厥词："深圳是全国人民的深圳，宝安只是宝安人民的宝安。"单位的大小会议通用的语言都是说当地方言的广东话和客家话，刚来时我几乎既是聋子又是哑巴。

有一件事让我至今都唏嘘不已。单位张玉发局长见我单身一人周末没地方弄饭吃，交代办公室主任要方姓厨师给我厨房锁匙，让我自己热热剩饭度过周末。厨师遵照指令，把锁匙交给了我，但却从里面把门反锁，让我有锁匙而不得入内。周一领导知道后，严厉批评了厨师。下一个周末厨房门是可以进去了，但剩饭泡在一大锅水里（我真担心水里还有其他不良成分），柴米油盐酱醋茶统统锁进库房，他的坚壁清野让我身在厨房也"巧妇难为无米之炊"。

他仅仅是一个为人煮饭的小厨子，竟然如此嚣张，底气何来？不就是欺负我孤身一人出门在外，身单力薄嘛。此事我也没再麻烦领导，周末全以方便面对付，以至于一年后我闻到方便面的味道，就条件反射胃酸上涌，想吐。现今依然如此。

当然，这两种人在任何时候任何地方都不会缺席，尤其是这片刚刚经过漫长贫困封闭的土地上，愚昧像杂草一样无处不在、斜行横阵。前面那种没有格局和胸襟的人，他的人生之路必定不会海阔天空，他把宝安视为自己家的后院，那就注定了目光短浅的他这辈子走不出宝安，后来，他本身的经历就证明了他的短视和无知。而那个缺乏怜悯和爱心的方姓厨师，只能说那是一个无知小丑留下的一段笑话罢了。倒是一身正气、心胸豁达、慈眉善目的张玉发局长常常让我倍感温暖，心生感激。记得2003年我们殊途同归，邂逅于西欧荷兰一家酒店的餐厅，人生真是低头不见抬头见，在遥远的异国他乡重逢，他竟然高兴得像个孩子，攥紧我的手把我一一介绍给他带领的龙岗区人大代表考察团成员。他的那份纯粹和惜爱之情令我终生难忘。

人一生中会碰上各色人等，有些天天见面，却人心隔肚皮，各怀心事，永远不会成为朋友。有些一见如故，仿佛前世就是铁杆兄弟，今生只差缘分，缘分一到自然就能入心入肺。

《天津诗人》主编罗广才就是这样的一个兄弟。广才兄豪爽大气，情深义重，我跟他一见如故，平时鲜有互动，但只要一方有个什么事，于公于私，另一方必定全力以赴。这些年来，广才兄以一己之力，撑起《天津诗人》一方天空，这需要多么强大的内心和毅力？令人钦佩的是，《天津诗人》凭着精湛的编排和高品质的诗歌，在中国诗坛赢得了自己的一席之地，也被越来越多的诗人读者所喜爱。

在2017年的一个采风活动中，我有幸认识《芒种》杂志副主编李佳怡。这个妹子人美心灵更美，端庄优雅，善解人意，与她交谈气氛柔和，轻松愉悦。她不像有些编辑，坐在作者面前，不管对方是男女老幼，内心深处总觉得自己高人一等，给人发表一篇文章好像是一种恩赐和施舍，一种莫名的优越感溢于言表。我与她相识了三个年头，频频互动，但从来没有给她所在的刊物投过稿，我珍惜这份友情，我怕这种友情会在投稿过程中一次损耗一点，最终消耗殆尽。发表作品和友情，如果要我二选一的话，我毫不犹豫地选择后者。

> 后来我毅然决绝地离别诗歌，是认真的
> 时隔21年回来，跟我离开一样，也是认真的
> 如同当年我跟新婚妻子，把合影贴上一本红本本

　　　　如同当年我深思熟虑了两天两夜，才在字典的
　　　　精心辅佐下，给新生儿子取了一个叫猪猪的好听
乳名
　　　　凡此等等，都不容我不慎重其事，小心以为

　　　　初时舞文弄墨，图的是功名
　　　　而今已过不惑之年，休闲时间写写画画
　　　　是在字里行间找寻孩提时的梦，耄耋之年到来
时的
　　　　回忆和欣慰，还有一点小私心——
　　　　物色三五相知，一起蹚过剩余的风雨
　　　　　　　　——李立《认真——答国华兄》

　　在诗性勃发的年龄，我悄然离开了诗歌，离得决绝。在诗意山穷水尽的时候，我却翩然归来，痴心不改。我必须说，自己不是因为诗歌不堪而黯然离场，也不为争名夺利而重拾诗笔。

　　也许，我还欠着诗歌的一些债务，需要连本带利偿还，也许是前世约定的三五知己，需要在今生今世的某时某地相拥一笑，相知相惜，携手一起走完剩余的苍茫岁月，悠然也罢，蹉跎也罢。

2019 年 6 月 17 日

功夫在诗外

  网络和微信公众号推波助澜地推广中国新诗,每一个中国诗人,包括我在内都受益匪浅。知恩图报,心怀感恩,我们必须感谢这个高新技术和幕后辛勤编辑的群体。文章的开头,我得申明这一点。

  某日,简介上获奖无数的某网刊主编发了几首诗让我"指点",我说语感还不错,其立马问:"什么是语感?",一时让我语塞。某青年诗人曾在微信朋友圈公开不点名质疑某"著名诗人",指出其连主谓宾都搞不清楚,可他的名气在诗歌江湖上如日中天。

  记得,20世纪90年代有人说扔个石头到大街上,能砸中好几个总经理。那时人人都梦想发财致富。当今诗坛,如果想混个"主编""总编"什么的,只是举手之劳。写诗入没入门,文字写没写顺溜都不重要,自己申请一个微信公众号,绞尽脑汁起个好听或者可以唬人的名字，邀请几个大咖挂个顾问什么的，自己给自己封个"主编"，再虚拟几个编辑就可以开张大吉了。

我自己也申请开通了"李立诗歌"微信公众号，我只刊发自己的文字，主要用作记录和保存，推介传播次之。诗歌微信公众号应该能像共享单车一样（尽管共享单车已经是一地鸡毛），成为中国新时代的"第六大发明"，它每天都在源源不断地接生诗歌，不管嘴巴鼻子眼睛是否发育齐全，都毫不吝啬地签发"出生证"。

有一次，某微信公众号准备给我做一期诗歌，发了一个临时链接给我，让我校对，后面显示的阅读量竟然是"162"，着实吓得我不轻。我想可能是对方一时大意，弄错了某个环节，但我装作什么也没有看见，若无其事，或者装聋卖傻，没必要去追根溯源，更没必要让人家难堪，终究人家也是为我推广作品。我想那些动不动就几千阅读量的微信公众号，除了把自己的七大姑八大姨拉来凑个人头之外，应该还有一些诗外的功夫。

现在的一些刊物，热衷于举办诗歌大赛，为了拉到更多的读者关注，爆炒一下气氛，扩大刊物的影响力，常常喜欢搞微信投票，入围的诗人们千方百计地发动亲朋好友帮其投票，不厌其烦地霸占手机屏幕，真可谓是八仙过海，各显神通，也许，谁也不知道这其中是否隐藏着什么秘密。我是旗帜鲜明地反对这种投票活动的（尽管我的反对声就像是在汪洋大海里放一个屁，连气泡都不会冒一个），原因有二：一、如果以得票的多少来决定比赛结果,那么是不可能评出真正的最好的作品,因为投票的人文学鉴赏力参差不齐,有些人甚至不知诗歌为何物,他们往往只认作者不认作品,而且,大、中学校的老师如果全力以赴,应该可以做到知己知彼,百战百胜,他们桃李满校园的"资源"无人能及;二、如果投票结果仅仅只是摆设,或者说是一场赤裸裸的忽悠,那么,这就是对读者和诗歌的公然亵渎。

难道不是吗?

我有一个诗人朋友是教育机构的领导,先不说他的诗歌写得如何,有一次他喜滋滋地发来一个链接给我,说今天的阅读量已经突破10万+,明天(开学第一天)会突破20万。说明阅读量都已经安排得妥妥当当了,但读者会不会认真地读,或者说能不能读懂,就是另外一码事了。

现在,有些诗歌网站的阅读量动不动就是数千上万,甚至十几二十几万,浮躁的当下果真有这么多读诗的人吗?这值得打个大大的问号!这中间能挤出多少水分?只有他们自己才知道,吃瓜群众可能也心知肚明,只是习惯了装睡,事不关己,谁也不愿意做个得罪人的"愤青",去捅破这层窗户纸。

中国诗歌流派网总编辑韩庆成曾经跟我说过,他们网站的阅读量是最真实的,但凡阅读量超过500的就会得到编辑们的高度关注。我第一次在上面贴了一组诗歌《在天涯》,阅读量达到700多(我发到朋友圈推广过),把他也"惊动"了,连他也出来给我留言,那组诗后来还上了《诗歌周刊》的封面。那是我第一次上中国流派网，他不认识我，我也不认识他。

这应该才是诗歌网站阅读量的真实写照。

中国诗歌网应该是当今中国最大最权威的诗歌网站了，我翻看了某些所谓著名诗人的作品阅读量，一般也就是500~800之间，我自己贴在上面的诗歌，如果我发朋友圈推广一下，努下力能达到500上下（如果我结束目前"地下写作者"状态或者发到同学群工作群，阅读量至少还能往上翻个跟斗，但却跟诗歌没有一毛钱关系，读诗的人比写诗的人少是不争的事实），有几组作品我没有发朋友圈，半年时间，阅读量显示是"9"，多么的可怜兮兮，可谓受尽了人间冷落。

这就是中国网络诗歌的真实境况。

去年有个名不见经传的李姓年轻人，沾沾自喜地在朋友圈发了一个链接，说他发布在百度贴吧上的诗歌阅读量已经突破30亿大关。额的亲娘啊，14亿中国人全部阅读过他的诗，连十几亿不懂中文的外国友人也给足他面子，来拉抬他的作品的"身价"，真是值得大书特书、大肆炫耀的一件"大事"。对这种"地球诗人"和贻笑大方的平台，我除了无语，就只剩下直接把他从我的微信朋友中删除掉，免得拉低了我捉襟见肘的智商。

2019年5月11日

那片诗意的海洋

当下,中国的文学评奖和征文比赛令人眼花缭乱,每天都有各种各样的诗歌奖项颁出,人民群众对评奖规则和公平公正性普遍存在着质疑和不满。我基本上是不参加任何征文比赛的(如果手头刚好有题材相关的作品,偶尔也会扔过去碰碰运气),这并不是出于对各种评奖丧失信心,也不是对自己的作品缺乏自信,主要原因是这次重拾诗笔不为"争名夺利"。

2018年11月底,首届博鳌国际诗歌奖在博鳌论坛举行盛大的颁奖仪式,意想不到的是拙作《西行记》(组诗)获得"年度诗人奖"。这是一个纯民间性质的诗歌奖,没有一分钱的官方赞助,唯诗歌品质是举,评选流程规范透明。据说,我是著名诗人、诗歌评论家徐敬亚老师推荐的(我跟他并不熟悉,仅见过一面,有加微信但鲜有互动,现在亦然),于是我欣然前往领奖。

此时此刻，祖国的北方已经是冰天雪地，寒风瑟瑟，依偎在南中国海亚热带气候怀抱里的海南岛依然是蓝天白云，阳光明媚，绿树掩映，鲜花盛开。

>阳光热烈地敲击湛蓝海面，发出
>铿锵有力的鼓声，仿佛是给海浪加油打气
>海浪把海滩细微的小石子
>一次又一次地拥入怀里，就是小石子
>把海浪一次又一次地推开，胸怀宽广的大海啊
>连一颗渺小的沙粒，也从不放弃
>…………
>年幼的儿子赤脚在浅滩上奔跑，像个
>初生的牛犊，跟不上海浪的节奏
>他的兴奋是不需要任何理由的，他无视
>大海的浩瀚。跌倒，爬起，跌倒
>爬起，再跌倒，他仿佛在演练自己的
>天涯
>
>——《在天涯》

我已多次踏上过海南这片美丽富饶的土地，喜欢这里的蓝天白云，绿树红花，碧波大海，这次别有意义。刚下飞机，会议的主要组织者韩庆成兄亲自开车到机场迎接，这么大的一个活动，韩兄运筹帷幄、亲力亲为、劳心劳力、令人感动。此

前，我跟庆成兄并不熟悉，2017年7月，我在他主编的中国诗歌流派网上第一次贴了一组诗歌，引起他的关注，并迅即编入当期《诗歌周刊》，而且还上了封面。如此礼遇一个流派网新注册会员，他说这是《诗歌周刊》自创刊以来的第一次，说明《诗歌周刊》只重文本不看作者。

据说，韩庆成兄原来是一个踌躇满志的徽商，小日子过得既充实又殷实，自从与徐敬亚一起创办中国诗歌流派网，他就逐渐荒废了生意经，以至于公司经营每况愈下，最后只得关门大吉。用徐敬亚的话说，那就是从此成了中国诗歌的义工。用他自己的话说，那就是从此走上了中国诗歌的不归路，现在这条不归路与"国际"接上了轨。接上我的时候，他刚好还顺路去取回颁奖仪式的相关海报、展板等宣传资料，此时还堆放在车子的后座上。

到酒店就见到老朋友陈波来兄，他笑容灿烂，神采奕奕，富态逼人，飞快地给我一个隆重的握手和拥抱，厚重而有力，我们彼此问候，满心欢喜。波来兄原来是做导游工作的，后来转行成为一名成功的椰城律师。他也曾离开诗歌多年，但比我早归来一些时日，去年同时出版两部诗集，可谓收获满满。这次，他是作为会议的义工，参与接待工作。

在大巴车上头戴太阳帽，个头结实敦厚，面色红里透黑，能说会道，幽默风趣，十分活跃的彭桐兄，刚开始我还真以为是一个会议接待导游。其实，他身居《海口日报》文艺部主任之职，系出版过诗集《夸下海口》的诗人，也是本次活动的一个义工。

如果问中国最多的是什么？答案毫无疑问是人头。如果问海南最多的是什么？那便是椰子树。椰子树是海南省的省树，树干笔直，无枝无蔓，巨大的羽毛状叶片从树梢伸出，撑起一片伞形绿叶羽状，遍地都是。在从停车场步行去会场的路上，不知道是谁说了一句，硕果累累的椰子树从来没有砸伤过树下的行人，这是一种很有灵性的树。让我突生灵感，在会议途中写下了这次海南之行的第一首诗《好想抱抱那棵椰子树》。

> 这种极富灵性的事物，我好想
> 把它拥入怀中，好想紧闭双目
> 动情地抱紧它，像抱着艾子，庆成，波来，巴城
> 像博鳌抱紧椰子树
> 椰子从高处掉落，从来没有砸伤过树下行人
> 像我的梦想从高处跌落时，也从来没有
> 伤害过自己
> 　　　　　　——《好想抱抱那棵椰子树》

这次活动让我认识了很多新朋友，也见到许多在微信上神交已久的老朋友。海南省作家协会副主席、著名女诗人艾子应该算是微信老友了，这次终于得以见面。艾子不但诗歌写得好，人也长得漂亮，她说话慢条斯理，温文尔雅，一身十分得体的着装，令人不得不想带着欣赏的眼光多瞧她几眼。与高挑

的她一起合影，身高 1.76 米的我竟也不免产生一丝心理压力。

会议由中国诗歌学会会长助力，著名诗人大卫先生主持。风趣幽默的大卫穿着中式晚礼服，高大威猛，风度翩翩，我笑话他像个新郎官，他问我要一个漂亮新娘，"不漂亮的不要"。活动快结束准备各自散去时，他要与我做一单"买卖"：我给他写一首诗，他给我推荐到某大刊发表一组诗，但必须给他 20 首以上的诗歌，由他来挑。

> 仿佛喜事临近，三角梅准备好了
> 红艳艳的花篮，按捺不住激情的不是博鳌
> 还是一群从五湖四海汇聚在一起的心跳
> 有人披着新郎官的衣裳，搂着缪斯的纤腰
> 博鳌乐于做矜持的伴娘，此刻
> 阳光这边独好
> 真情照耀人间，没有冷漠笼罩的心
> 明媚如春光
> ——《阳光这边独好——兼致大卫》

这组《阳光这边独好——兼致大卫》的诗歌发表在《椰城》月刊 2019 年第 5 期上。但我至今也没有给大卫兄一首诗歌，今后也不打算让他去做这件事，相对于友情来说，诗歌不重要，发表诗歌更不重要。重拾诗笔伊始，我把发表作品看得很重，憋着一股子劲想证明一下自己是否"宝刀未老"，后来慢

慢想明白了，我要证明给谁看呢？谁有资质承受我的这个"证明"？没有。也不需要。

我写，因为我喜欢。

在会议结束后，晚宴开始前，大家来到宾馆的书吧，欣赏庄伟杰教授和霍竹山老师的挥毫泼墨。给我写颁奖词的庄教授的书法功底十分了得，龙飞凤舞之间，仿佛风起云涌，力透纸背，尤其是他在书写过程中的神情投入，宛如在与艺术共舞一曲柔中带刚的太极舞蹈，令人耳目一新。他送给我的那幅书法作品，"路漫漫其修远兮，吾将上下而求索"，如苍龙在天，遒劲有力，虎虎生风，令我爱不释手。

"李立具有开阔的文化视野和精神向度，善于以直觉贯通感性和理性，并以灵动的结构、语调和节奏，将自己对世界和生活的理解，融于精心选取的意象中，去营构心灵化的诗意空间，渗透着人文关怀和批判意识，力图实现'个人对抗美学'的诗歌气质和抱负。《西行记》系列诗作，通过异域风情的观察和思考，与人生、历史、现实进行心灵对话，去践履自己的美学主张，完成个人的精神独旅。其敏锐的触角和自由穿行的艺术力道，拓宽了汉语诗歌写作的可能性。"这份遣词严谨、评价中肯而不浮夸的颁奖词也是出自庄教授之手。

《椰城》月刊执行编辑杨黎兄是一个心直口快、心地善良的人，他凭借一己之力，在国内出版行业不太景气的情况下，通过调整经营策略和作品质量，迅速提升了《椰城》的影响力，使之深受广大读者的肯定和欢迎。我没有搞清楚他是什么时候参的会,最后一次晚宴与他比邻而坐,当时我还不知道他是何许人也,在他与郭金牛兄争执不下时,我坚定不移地站在他的那边。那就是我们应该像拥有空气一样拥有宪法赋予我们每个人的自由,但自由不能没有规矩和法治,如果你想干啥就干啥,无法无天,岂不是无政府主义?最终自由也无以保障,正所谓没有规矩不成方圆。而青年女诗人宗小白时不时在旁"幸灾乐祸"地煽风点火,唯恐天下不热闹。

活动结束后,举办方安排大家去海边游玩。兴致盎然的诗人们在沙滩上摆着各种姿势拍照留念,台湾《创世纪》诗刊社长古月老师,总编辑、著名诗人辛牧老师成了大家争相抢夺合影的对象。原中国作协副主席、著名作家黄亚洲老师,北京大学中国新诗研究中心主任、著名文学家评论家谭五昌教授,朦胧诗歌代表人物舒婷的先生、著名评论家陈仲文教授,著名华裔作家、澳大利亚学者庄伟杰教授,俄罗斯著名诗人奥尔加·维诺格拉多娃等诸多国际友人,还有诗人大卫、霍竹山、李不嫁、三色堇、大枪、乐冰、冷先桥、彭桐、曹谁、巴城、郭金牛、宗小白、范蓉、明快、行顺、辽东天籁等,大家三五成群,按动着相机和手机的快门,让自己与蓝天、阳光、大海、沙滩、礁石、海浪、椰树融为一体,把这美好的一刻定格在记忆深处,成为欢乐的海洋,幸福的海洋。

东临碣石,以观沧海。
水何澹澹,山岛竦峙。

> 树木丛生,百草丰茂。
>
> 秋风萧瑟,洪波涌起。
>
> 日月之行,若出其中。
>
> 星汉灿烂,若出其里。
>
> 幸甚至哉,歌以咏志。
>
> ——曹操《观沧海》

是的,无比庆幸,美好无比,让我们尽情歌唱,畅抒心中的情怀。此时此刻,夕阳映照,碧海连天,在海面上飞翔的海鸥仿佛心中的思绪,迅捷的在心空穿梭翱翔,沙滩上已俨然成为一片诗人的海洋,诗歌的海洋,诗绪汹涌,诗情澎湃,恣意汪洋,一浪高过一浪。

2019 年 6 月 1 日

浏阳河西岸有的，东岸也有的

作为一个地地道道的湖南人，一个喜欢浪迹天涯，寻幽访胜，足迹遍及世界各地的背包客，竟然没有造访过近在咫尺的千年古城长沙，说来必定令人大惑不解。

没有去过长沙，不一定就对浏阳河一无所知。小时候，《浏阳河》这首歌曲红遍大江南北，响彻云霄，震耳欲聋。虽然，我至今没有跟浏阳河发生过亲密接触，这并不影响我喜欢这条养育两岸人民的极其普通，既带来河水的恩泽，又带来水涝灾害的河流（我喜欢的是属于大自然的，野性十足的，自由自在流淌的浏阳河，就像我喜欢长江、黄河、恒河、多瑙河、尼罗河、亚马孙河、密西西比河……一样）。仅有的一次，也只是透过汽车玻璃窗口远远地眺望了几眼，就擦肩而过了，来不及数一数她到底弯了几道弯。但从浏阳河西岸诗群兄弟姐妹们的诗文中，知道她的妩媚、秀丽和婀娜，领略到河水的碧波荡漾，两岸芦苇的青葱欲滴和格桑花的艳丽多姿，还有两岸人民的善良、纯朴、勤劳和敬业。他们常常在浏阳河两岸漫步沉思，吟诗诵歌，沐浴着晨光熹微或者夕阳余晖，或席地而坐，或手舞足蹈，或锁眉冥思，如痴如醉，流连忘返。

第一次见到浏阳河西岸诗群的庐山真面目，是在2017年11月的某一天，他们一行八人应邀赴深圳市光明区开展采风创作活动，我前往拜会早已在微信上相遇相知相惜、却从未谋面的刘起伦兄。身为国防科技大学大校处长的起伦兄，身躯笔挺，善良谦逊，学富五车，谈吐优雅，举止干练，是中国诗坛一位不可或缺的重量级老将。诗群的另一位重量级成员远人兄作为特殊人才引进，此时已从长沙调任光明区作协主席。光明区是在公明镇和光明华侨农场的基础上组建起来的新区，这个深圳曾经的"西伯利亚"，前些年还是深圳的"边远贫困"地区，我工作的头年即参加市县扶贫工作组在这里蹲点了六个月，对这里有一份特殊的感情。

我几乎参与了采风活动的全程，对诗群有点大致的了解，临近结束时，在诗坛漂泊无依、略感疲惫的我诚惶诚恐地给起伦兄提出加入诗群的请求。他说诗群对吸收新成员秉持一票否决制，必须人人都同意才行，他去征求一下大家的意见。意想不到的是，没过三天就接到他的电话，说我加入诗群的申请已经得到大家一致同意，让我找易鑫一兄办理相关手续。我成了诗群的第十个成员，也是诗群自成立以后吸收的唯一一个成员。

有人说，浏阳河西岸诗群是湖南诗歌的"半张脸"，人人都是舞文弄墨高手，且已在文坛驰骋经年，尤其是起伦、远人、方雪梅、奉荣梅等这些名字经常出现在《人民日报》《人民文学》《中国作家》《诗刊》等名报大刊。听闻，诗群是由起伦兄和雪梅姐联袂发起成立的，在不到两年的时间里，先后引起了《中国建材报》《浏阳日报》《澳洲侨报》《天津诗人》《湘江文艺》《湖南文学》《散文诗》《财富地理》和《创世纪》（中国台湾）诗刊，香港《南方大视野》等报刊的关注，并集体推出诗群诗人作品，在湖南文化界乃至中国诗坛都引起积极反响，赢得了文学界广泛的好评。在 2018 年初我与远人兄去长沙之前，对这半张脸依然十分陌生，根本分不清谁是谁的脸，常在诗群微信群里张冠李戴。那次携手妻子去长沙走亲访友，是我这个湖南倔驴第一次上省城，竟然有点莫名的兴奋。

> 不怕辣的湘菜，寒风中穿得异常的
> 喜庆，她这个驴脾气
> 耿直，红火，泼辣，热情，她的本性
> 像起伦，炳琪，雪梅，荣梅等三湘子弟，在数九
> 寒夜
> 迎候，我的心坎里已是热火朝天
> ——《在长沙——兼致起伦兄》

数九寒夜，在长沙的某个餐厅，享受着温暖的热情和火辣的湘菜，我的心里暖融融的，虽然我滴酒未沾，但仿佛醉意朦

胧，正所谓酒不醉人人自醉。

"诗群里高手如云，如起伦兄德艺双馨，正直豁达；远人兄才高八斗，心地善良；有'湖南才女'之称的方雪梅和奉荣梅两梅姐学识渊博，温文尔雅"，这是我在拙著《在天涯》后记里记述的。这篇文字写于2018年年初，当时我对诗群其他成员的印象还处于朦朦胧胧的状态，交集不多，描述自然就多不起来。通过最近一年的互动和交流，我对诗群的另外两人有了较深入地了解，他们是方雪梅大姐和刘炳琪兄。

随着时间的推移，方雪梅大姐的诗文和为人在我的心里渐渐地清晰起来。她热情、泼辣、果敢、善良、多才、为人处事一丝不苟，认真负责。长沙的一位诗友私下里告诉我，她听过雪梅姐的一堂创作课，在堂课上雪梅姐说自己的职业是"捉虫"的，此后，每次给《湖南工人报》投稿，她都小心翼翼，生怕被方老师捉出"虫"来（我因离开文学二十多年，许多文字逐渐生疏，字里行间常常隐藏着个别错别字，有两次也十分有幸地被她"捉住"）。雪梅姐平时为人低调，很少在朋友圈晒自己的文学作品，唯有在对待她的另一"杰作"——与她相依为命的儿子，偶尔也会"高调"一回，把儿子的快乐成长与大家一起分享，看得出来，儿子的渐渐长大和懂事孝顺，那一刻才是她最幸福最自豪的。

与炳琪兄的互动相对要多些，他是一个热情洋溢，性格豪爽，对文学有着孜孜不倦追求的人。这个现役大校军官说话中气十足，朗朗笑声能传出老远，走起路来虎虎生风，写诗却柔情细腻，娓娓道来，而且题材喜欢"拈花惹草"，偶尔也会"风花雪月"，没有把心思一心一意地用在军旅诗歌创作上，仿佛想天女散花，芬芳满天涯。我想，凭着他的这股子不服输的驴劲儿，假以时日，他必定能够构筑起自己绚丽的风景。

诗群的其他成员在我心里的印象相对来说还有待加深，但沙弦兄的稳重老练，奉荣梅姐的端庄典雅，蓄洪兄的风趣幽默，易鑫一兄的豪爽热情，远人兄的纯粹真诚，周缶工兄的持重谦逊等等，都给我留下了难以磨灭的印象。俗话说，物以类聚，人以群分。能加入到这个群体中来，是我人生中又一次正确的选择。令我羡慕妒忌不恨的是，他们在长沙时常聚会，谁出个国出个省，甚至出个市，都是前有饯行送别，后面紧跟着是接风洗尘，你来我往，情真意切，缠缠绵绵，既促进交流，加深感情，同时也碰撞出更多的诗歌火花。而远在深圳的远人和我，形单影只，只能望长沙而干开心，常常难免滋生出孤掌难鸣之感。

我深信，随着时间的推移，浏阳河西岸的兄弟姐妹们必定会在三湘大地的文学界留下浓墨重彩的一笔。时间一定会给出答案。

第二天大清早，久违的邓杰兄开着他的豪车，准时来到酒店大堂接我们去吃长沙最有名的特色早点。邓杰兄应该算是我的文学启蒙老师了，虽然二十多年音讯全无，他也比以前更具富态，但我还是一眼就认出他来。

记得很久以前，在湖南省邵阳县第八中学初三年级的一间漏风的教室里，刚刚大学毕业的县文化馆创作员邓杰老师正在讲授诗歌。这是我第一次知道除了古诗词以外，还有不受平平仄仄限制的现代诗，并从此深深地喜欢上了。尽管，不久我就返回户籍所在地广东梅田矿务局参加中考，但诗歌已深深地根植进我的灵魂深处，从此再也拔不出来了。

邓杰兄年轻时对文学异常痴迷和狂热，在北京做过北漂一族，在广东办过报纸，后来又一个回马枪杀回长沙，写诗办报挣钱娶妻生子，什么也没有耽搁，现在已是大名鼎鼎的湖南湘菜代言人，广收门徒弟子，不惜余力地推广湘菜。邓杰兄年轻时漂泊无定，我也随着年龄的增长不断地变更学习和生活的地方，加上他与我一样都曾离开诗歌许多年，曾经与他失联二十多年。我重返文学圈之初便疯狂地搜寻他的踪迹，终于在某一天于茫茫人海中把他翻将出来。有人说，写诗如吸毒，一旦染上就很难戒除，离开再久，也会回来。邓杰兄与我都属于这类人。面对着他点的满桌子闻所未闻的特色湘味早点，我和初来乍到的妻子风卷残云般地狼吞虎咽。

这次长沙行，我还见到了同行三分亲，在建设银行湖南省分行高就的罗鹿鸣兄。据说，他曾支援西北建设十多年，人生最美好的年华都奉献给了苍茫高原，他为此出版了两本厚重的诗集，记录着他对西北高原的热爱和赤胆忠心，书写着他的凌云壮志和喜怒哀乐，现如今，尽管他已荣归故里，但大西北依然令他魂牵梦绕，时不时还要回去再次经受高原苍茫的洗礼，并带回更多震撼人心、感人肺腑的诗歌和摄影作品。

经过大西北的熏陶和锤炼,鹿鸣兄至今还保持着大西北的简朴、豪爽、真诚和低调。饭后,炳琪兄的夫人准备开车送我们去地铁站时,鹿鸣兄抓起我的行李箱就走,要送我下楼,吓得我大惊失色。这可使不得,岂能让中国金融作家协会副主席、湖南省诗歌协会副会长兼秘书长、我的诗歌"领导"(我是这两个协会的会员)来给我拿行李箱?何况,从年龄上来讲,他还是我的兄长。

> 从瓦片缝隙氤氲的缕缕炊烟,那是
> 母亲挥毫出的温馨诗篇,浏阳河
> 西岸有的,东岸也有的
> 郁郁葱葱的芦苇,它们顽强地生长,那是
> 我写下的卑微诗篇,等到秋天
> 开出微小而洁白的花,那是
> 浏阳河戴在我胸前的,沉甸甸的
> 奖章
> ——《浏阳河西岸》

路经浏阳河时,我特意摇下车窗玻璃,远远地望去,水面涟漪荡漾,两岸枯黄空旷,冬日的阳光洒在河面,两岸以及鳞次栉比的高楼大厦上,显得从容而淡定,平和而温暖,令我陡生敬畏和仰慕。

寒风从车窗外灌进来,我却感觉不到一丝一毫的冷,心里

暖洋洋的。

"九曲黄河万里沙,浪淘风簸自天涯"。从浏阳河西岸诗群同仁的身上,我仿佛吸纳了浏阳河的灵性,感受到浏阳河自由流淌的因子,不管是弯多少道弯,前面的路是如何曲折崎岖,我们的脚步都将坚定不移地向着人生的远方,诗歌的海洋,勇往直前,百折不回。

2019 年 6 月 1 日

草绿色的梦

曾几何时,我对威武笔挺的草绿色军装几近痴迷。

每逢冬天,湿气重的湘粤交界处的山区非常寒冷,读高一时,父亲给我弄来了一件草绿色的军大衣,穿在身上既暖和又舒爽,在同学们当中简直有点儿鹤立鸡群,这件宝贝与其说是御寒保暖,还不如说是在同学面前招摇显摆更妥帖。

那时,贫瘠的神州大地刚刚从严酷的寒冬中苏醒过来,百废待兴,处处都充满着生机和活力。寄望以高考来改变命运的莘莘学子对神秘莫测、被高墙大院包围的军校尤其是垂涎三尺。我至今还清楚记得,同学们中流传着军校的各种诱惑,譬如分配各式服装和日常生活用品,食宿全包,毕业就是排级干部等等,但军校录取分数线较高,资格政审严苛,出身一般的家庭不是那么容易进得去的。

高考结束后,由于我在三年的学习中严重偏科,钻进了诗歌的"牛角尖"，致使离高考录取分数线仅差4.5分而名落孙山。高三班主任张木琛老师为此心有不甘，他特地跑到家里来动员我复读一年，来年再战考场。他的想法跟父亲不谋而合。此时，我告诉父亲，我唯一的想法就是去参军。当然，参军的目标是考军校，今后做一个专业作家。后面这个梦想我没敢告知父亲，我怕这个梦想变成空想。最后，跟父亲相互妥协的结果就是，我就近入读技工学校，早点出来工作。

参加工作后，我先后走进过华中师范大学、北京大学、清华大学的课堂，在世界排名靠前的新加坡南洋理工大学度过许许多多的日日夜夜，也在有意或无意间跨进过许多不设篱笆的欧洲、美国、澳洲、日本等世界一流名校，但唯独没有涉足过军校。这个我心目中的神秘之地，直到在我离开诗歌21年后，重返文坛的第二年，公元2018年6月初的一天，而且还是诗歌引领着我跨进了这个仰慕已久的军校大门。

盛况空前的全军诗歌笔会是经中央军委政治工作部批准，由《解放军文艺》编辑部和国防科技大学政治工作处联合举办，继34年后举办的第2次全军诗歌创作笔会。作为一个跟草绿色八竿子也打不着的诗人能参加这次笔会，全是托"浏阳河西岸诗群"带头大哥、国防科技大学大校处长刘起伦兄和《解放军文艺》姜念光主编的洪福，让我有幸亲临盛会现场，观摩学习来自全国各地的老、中、青三代著名诗人代表的创作心得和经验，这使我日后诗歌创作的提升受益匪浅。

那天，国防科技大学大校刘炳琪兄坚持要到长沙火车站来接我。尽管他告诉我出了火车站怎样怎样走，我们在哪里会合，但我是第一次与这个人潮汹涌的地方亲密接触，出了动车门便分不清东南西北。只能向行人求助，在我准备问第三个人的时候，抬头一望就瞅见了炳琪兄，他正笑嘻嘻地瞧着我，我们仿佛心有灵犀，非常顺利地就接上了头。有了这个英气逼人的大校军官"保驾护航"，我们一路顺风顺水地来到了坐落在长沙市开福区的国防科技大学。

很快就见到了身着戎装的起伦兄。平时穿便服的他显得随和、率性、和蔼、笑容满面，第一次见着穿军装的大校处长，陡然增添了一份刚毅、威严和不怒自威的气场。炳琪兄亦如是，笔挺的身板在军装的衬托下英武逼人，走起路来虎虎生风。人逢喜事精神爽，在草绿色军装的映衬下，起伦兄和炳琪兄显得格外年轻和伟岸。

承蒙全军第2届诗歌笔会组委会和起伦兄的照顾（我甚至怀疑是起伦兄"优待"），我被安排在配套设施完善、宽敞舒适的"将军楼"住下。中国作协、《诗刊》《人民文学》《文艺报》和《解放军文艺》的相关领导和编辑也住在这栋三层小洋楼里。尽管门上都贴着名牌，但我却没有想过要去造访谁，只是第二天晚上散步归来，隔壁的《诗刊》主编助理刘立云老师的房间门户洞开，里面高朋满座，热闹非凡，我便过去凑了一下热闹。人太多，又不熟稔，我压根儿就没能说上一句话，便悄无声息地退出回房睡觉了。

不管去到哪里，我始终坚持晚上10点前上床的习惯，这是我此生最大的理想——保证睡好每一觉的基础。

第二天早上散步邂逅了起伦兄。他陪我绕着校园兜了一大圈。清晨的校园凉风习习，成排成片的桂花树大小高矮一致，青葱欲滴，偶尔有早起的小鸟从身旁飞过，仿佛唱着优美动听的歌谣，操场的军中骄子们正迈着整齐划一的步伐，在军令声中进行操练。这个我曾经魂牵梦绕的地方，今天身临其境，心里不禁生发出许多的感慨来。我终于还是来了，迟也不迟。就像诗歌，虽然放弃了二十余载，最后还是鬼使神差般地重拾诗笔。

有时我会莫名其妙地想，中国的大学要是没有高墙大院，随时向所有人开放，实现社会资源共享那该多好啊。

新加坡南洋理工大学比这里大得多，没有保安岗亭，也没有高墙深院，连一个像样的校门也没有，市政公交车在校园里穿梭，方便教师和学生，学校的各类体育设施全部免费向市民开放，只需提前预约。欧美的世界顶尖大学鲜有围墙，社区、校园、公园连成一体，头顶蓝天白云，眼前绿树掩映，鲜花似海，脚下青草相连，人与大自然融为一体，令人神清气爽。

诚然，在这个社区、政府、学校、工厂、医院处处都被高墙大院包围的国度，人与人之间的"高墙"更是难以拆除，想要逾越这种与生俱来的"围墙"，谈何容易？所以，人们总是说心累，发出"人生得一知己足矣"的感慨。

笔会的主办方之一，《解放军文艺》杂志社主编姜念光就住在我的对面，虽然临时被"门当户对"，但除了在会议室和餐厅能看见他的身影之外,很难在门口碰上。此前,我还不认识大名鼎鼎的著名诗人姜念光,他肯定也闻所未闻重拾诗笔的诗坛"新人"李立。筹办如此大规模的文学创作活动,来了如此多的诗坛名流大咖,想必他已然忙得焦头烂额,亦不亦乐乎,我有心真正认识他,他可能也没有时间和机会。

后来有一次,姜主编应邀到深圳讲授文学创作,我跟他有了一次比较深入的交流。我们谈诗歌、社会、人生、家庭、责任、贫穷、富贵、正义、民族前途,等等,包罗万象,无所不谈。总之,该谈的我们谈了,不该谈的我们也谈了,尽管这是我们的第二次见面,第一次聊天,但已俨然走进了彼此的内心,此后我便称他为虎牙大哥(他的微信名叫虎牙)。

虎牙大哥是一个才高八斗、思维敏捷、睿智幽默、重情厚义、极富家庭责任心和社会正义感的顶天立地的好男人。在深圳的某个宾馆,本来说好要请他去深圳湾看看辽阔无垠的大海和一望无际的红树林的,谁知,人逢知己千杯不醉,话语投机千言不多,时间在不知不觉中从我们的齿缝中悄悄溜走了,最后只能开车顺道经过深圳湾,让他透过车窗远远地瞅一眼大海了却心愿,车子开到深圳福田 CBD 时,已是华灯初上,原本打算登顶莲花山一览深圳市容市貌的计划也不得不忍痛割爱。虎牙大哥特意饶有兴致地环绕深圳证券交易大厦走了一圈,这个金碧辉煌的地方制造了不少挥金如土、醉生梦死的当代富豪,更是许多普通中国人梦碎的地方,也是我的伤心地。

纽约金融街的铜牛雕塑膘肥体壮,而这里的铜牛雕塑只突出尖锐的牛角,不见牛的肉身。牛肉是用来食用的,牛角只会伤人。

人生有很多时候,一些人只需一次会面,便能无话不谈,入心入肺,成为莫逆之交,而有些人,见了无数次面吃了无数顿饭,大家都人心隔肚皮,彼此设防,唯恐成为被伤害的对象。在参加这次活动的人中,著名诗人刘起伦、姜念光、远人兄等应属前面这类人,他们虽已成名成家,事业如日中天,但为人处事始终宽厚、诚挚、谦逊、低调,既不装腔作势,又不装神弄鬼,清清爽爽说话,明明白白做人,自带一种高山仰止的境界和高度。

俗话说,人在做天在看。其实,这句话应该理解为人在做心在看,一个人的所作所为,就仿佛拼图游戏中的无数小片,你想在人们心目中留下一个什么样的形象,都是从平时一点一滴的言行举止积累起来的。是和蔼可亲,还是冷漠无情;是洁身自好,还是龌龊不堪;是公正廉明,还是贪婪成性;是乐于助人,还是自私自利;是光明磊落,还是蝇营狗苟……等等,都是你自己拼装出来的,你根本无法瞒天过海,你自己的羽毛必须自己爱惜。如果你假装不知道,或者满不在乎,那不是掩耳盗铃,就是破罐子破摔。

这次规模空前的笔会一如这座神秘、有持枪卫兵警卫的校园,在笔会进行当中不许照相和把消息发布到朋友圈,必须在事后以官方公布统一的新闻稿为准。其间认识了许多诗坛名流和后起之秀,尤其特别开心的是再次见到浏阳河西岸诗群的兄弟姐妹们，大家一起煮茶论诗，把茶言欢，其乐融融。

诗群最年长的成员，持重老成的沙弦兄虽已从国防科技大学退休，却退而不休，仍然勤勤恳恳、任劳任怨地主编《国防科技大学学报》副刊。这次，他以主人的身份热情洋溢地参与接待工作，也让我的名字和拙作十分荣幸地第一次同时上了军报和大学校报。最年轻的成员周缶工兄平时十分恭谨谦卑、少言寡语，在这次活动中展现出来的老练、周到、得体且滴水不漏，让我刮目相看，钦佩不已。从他的身上，再次证明一个简单的道理：一个人的事业要取得成功，必须得有两把刷子，不是随随便便就能实现的。浏阳河西岸诗群的这些诗道同仁个个都值得我学习和钦佩，有缘与他们结伴同行，我深感荣幸之至，下半辈子我将过得充实而快乐。

三天时间匆匆而过，在离开校园的那天，坐在汽车后座的我不禁回头多看了几眼，时光匆匆，岁月如梭，30年只是眨眼之间，三天更是一晃而过。再见了，青葱芳华！再见了，我的草绿色的梦！

2019年6月6日

悼念诗人简明先生

"一人做银行，全家都忙。"金融业压力山大已不是什么秘密。

银行从业者成年累月跟数字打交道，不仅枯燥乏味，而且竞争激烈，为了应付每天的夕会、每周的业务点评会、每月的工作例会、每季的升降级考评、每半年的"优胜劣汰"生死大战、365天都绷紧着神经，除了没日没夜的加班加点，没完没了的各项指标，毫无诗意可言。我就是在这个环境里摸爬滚打了二十多年，虽然有苦也有乐，有失也有得，就是没有诗。

2019年2月19日下午四点多，我收到《诗选刊》杂志社社长兼主编简明先生的约稿微信："你能用金融工作者的身份，写一组歌颂祖国70年巨变的诗吗（从一穷二白到外汇、股市等等），因为今年全国诗人都写国庆诗，所以写具体一些。我们的伟大祖国，值得正面歌颂，也需要各行各业人民的真诚赞美。

四、五月份给我就可以了。"

简明先生是个有情怀、有胸襟、口冷心热,心系这片生他养他土地的人,常常手机电脑不离身,人到哪就工作到哪,不分地域、白天和黑夜,才二月份,他就开始谋划十月份的事情了。去年时逢改革开放40周年时,简明先生也曾早早地向我约一组写深圳发展变迁的诗歌。深圳是中国改革开放的窗口和缩影。

能收到他的约稿应该说是我莫大的荣耀,说明拙作已入得他的法眼,得到了他的认可。但约我写一组金融方面的诗歌,却让我感觉到莫大的压力。金融领域是靠数字来说话,凭财务报表当家做主,称霸一方的,可以写些报告文学,小说之类的文章,连散文都难以入手,更莫要说诗歌了,除非写成口号式的顺口溜。当然,如果把金融界发生的一些所见所闻拍成电影,其跌宕起伏也许能让观众大饱眼福。但这类文字于我来说,无异于诗歌自杀,我是坚决不能干的。

冥思苦想了两个月,依然找不到头绪,经过再三考虑,我痛定思痛地决定向简明先生"交白卷",连托词都已想好。记得我重返诗坛不久,简明先生知道我的情况后,反复叮嘱我不要着急,要走正道,先把文本写好。工欲善其事,必先利其器。我时刻铭记着他的谆谆告诫,并付诸行动,才磕磕绊绊走到现在。就在我的无名手指头指向微信"发送"键时,我又犹豫了,觉得这样交差太对不起他的鼓励和信任了。明天是周末,考虑两天再决定。

> 股市有牛市也有熊市，就好比
> 天气有时候出太阳，有时候下雨
> 有人在股海冲浪，得心应手，叱咤风云
> 有人在股海阴沟翻船，在苦涩中挣扎求生
> 生活，有时候就像是起起伏伏的K线图
> 高兴和痛苦，成功和失败
> 常常在不知不觉中相互转换
> 但向上的趋势已经形成，不可逆转，中国
> 我长期看多咱老百姓的生活
>
> ——《人民币》

周六早晨四点多钟我就早早醒来了，突然想，我为什么不从小事入手，以小见大来讴歌改革开放以来金融方面发生的翻天覆地的变化？找到了突破口，我一口气写好《中国，我长期看多咱老百姓的生活》这组诗歌（在《诗选刊》发表时，名字改成了《人民币》）。写好后，我向三个诗友讨教，他们认为能把金融题材写成这般实属不易，得到了他们间接的肯定和认可。临近五月底，在简明先生设定的最后期限交了作业，时间悄悄地过去两周，也没见他打回来让我修改，我知道，这组诗歌已经获得了他的首肯。

2019年7月3日上午，我在微信上向他讨教一个问题，立刻就得到他简短而利索的回复。可谁能想到，此时他已病入膏肓，于一个多月后的8月22日驾鹤西去，与世长辞。在去世的

前两天，他不但抽了朋友送去的香烟，与前去探望的诗人谈笑风生，把数十个微信选稿群的群主之职一一托付于人，还签发了《诗选刊》第9期，没有留下任何遗憾，他仿佛是知道自己要出一趟远门，把一切都安排得妥妥当当，走得平静而从容。痛哉悲哉，我们失去了一位亦师亦友、培养和提携了无数生活在社会底层、对诗歌无限热爱又被众多刊物无暇顾及的草根诗人的长者和尊师。

我与他的对话已永远停留在了那一天。

当简明先生去世的噩耗传来时，我虽早已有心理准备，但还是觉得来得太突然，感觉有点措手不及，心有不甘不愿接受这个事实，眼泪不听使唤地奔涌而出。

我认识简明先生时间不长，总共才见过两次，最后一次见到简明先生是去年11月，《宝安日报》和《诗歌月刊》联袂主办改革开放40周年诗歌大赛，他作为颁奖嘉宾来到深圳。

那时，他已面色蜡黄，枯瘦如柴，弱不禁风，肝积水已十分严重，走路像枯叶一样轻飘，悄无声息，夜晚无法入睡，白天食如嚼蜡，几乎吃不下饭菜，只能喝点汤水续命。人是铁，饭是钢。我真为他深感担忧。大伙原本计划请他去深圳湾滨海公园吹吹海风，碍于他的身体状况而作罢。

他在深圳、东莞、广州三地的学子闻讯赶来，大家想AA制请他吃饭，并再次聆听他面授诗歌机宜，简明先生难得来深圳一回，请他吃饭怎么可以AA制呢？我悄悄地把单买了。

饭桌上，快人快语的简明先生依然不改军人的气质，声如洪钟，谈笑风生，妙语连珠，根本不像一个日薄西山的病人，他给我们又上了一堂生动的诗歌创作学习课，让在座者受益匪浅。

可是，万万没有想到，这一面就成了永别。

"两个月前一个晚上我打电话怒怼过他，直言他许多毛病，太自我。如今每每重读他许多优秀的诗篇，我还是怀念他。他的诗歌所呈现出的诗学美学高度是很多所谓的著名诗人难以企及的，也超过了很多鲁奖诗人。我第一次在《诗选刊》上发的四首诗是他在一个群里看到我的链接主动选发的（当时我还没他的联系方式），引起了好多人追贴羡慕，毕竟，他能主动选谁的诗也不是很容易的。如今每念及此，就觉得欠他一句歉意。他是一个优缺点都非常明显的优秀诗人，诗坛少了他，还真寂寥了很多！"这是诗人季风兄某日发在朋友圈里的一段真情告白，他是在真诚告慰简明先生的在天之灵。

简明先生的诗歌作品磅礴大气，沉博绝丽，字字珠玑，是很多靠屁股上头条和获奖的诗人们所望尘莫及的。想必诗人季风是一个明白人、一个善良的人、一个雍容大度的真诗人。

简明先生没有城府，性格刚烈，心直口快，眼里揉不得沙子，加上他身患肝病，自己控制不住肝火，遇到令他失望的人或者人世腌臜，他说话的语气难免会让人有点败兴。在他建立的众多《诗选刊》选稿群里，但凡发现被人举报的抄袭者、行为举止不端者、乱发不雅链接者、出言不逊不听警告者，等等,不论是谁,他一律剔除出去,说一不二,雷厉风行,绝不手下留情。

在国内口水垃圾分行肆无忌惮横行诗坛之时,几乎所有名家大咖集体选择视而不见,甚至姑息养奸,唯独简明先生挺身而出,为捍卫诗歌的纯洁和高贵奋笔疾书,对某些自以为是、拉大旗卖狗皮膏药的人给予严厉斥责和挞伐,刺破口水垃圾分行的脓包,血流一地。因此,忌恨他的人也不少。

简明先生还是一个孝子,早些年父亲的去世,令他悲痛欲绝,一度被抑郁症困扰着,花了很长一段时间才从中走了出来。简明先生是一个刚正不阿、爱岗敬业、才高八斗、心地善良的好诗人,能入得他法眼的诗人,不管你是有名无名,他都会竭尽所能去扶持,要是写作水准暂时还达不到他的标准,说什么也是白搭。

他是一个有自己的原则的人。

死者为大。我奉劝一些人,该放下的就放下吧,哪怕他曾经说过你几句本该说的重话,哪怕他没有给你发表几首可发可不发的诗歌,这些都已经不重要了。

其实,当你想明白了,有些东西什么时候都不重要。

活着,你已经是赢家了。假如你还想继续做赢家,你还有什么好计较的呢?更何况是跟一个死者计较?

简明先生驾鹤西去,全国各地成千上万的诗人纷纷自觉自愿地写诗怀念,数千首悼念他的诗歌作品有些出自名家之手,有些出自寂寂无名者的肺腑之言,在网络上形成滔滔洪流,这是人们始料不及的。当今诗坛名家大咖谁百年之后能不能得到如此之多的诗人自觉自发的真情怀念？还真说不准。正如某青年女诗人所言："如果只顾自己发表出书获奖成名，也只证明自己有才华，而愿奉献心血、传授知识、推动诗歌发展的诗人才是值得敬仰的大诗人，简明老师就是这样的人，简明老师千古！"

情深义重的《天津诗人》罗广才主编当即决定，在该刊2019年春季号开辟由著名女诗人胡茗茗组稿的专栏纪念简明先生："旨在纪念为汉语新诗发展进程中为之做过努力的一位诗者，旨在为当下泥沙俱下的分行文字中遴选出有文字尊严的诗行。每个人都有写诗的权利，但好诗从来都不是写出来的，那是来自骨血的智慧和高贵。"

  当你尽完全部的责任，你就会留下来。
  他们喧闹着向前，坎坷或者辉煌，那都是未来的日子。
  你留下来的地方名叫固执。
  那些风起云涌的，那些无法诠释的叹息，它们都是你体内的呼吸。
  把笔扔在路旁，你手里握着个泥块，柔软的土壤曾经生长过什么？豪迈、丰收、暗示情色的花？或者是一朵被风粉碎后的蒲公英？
  你一块一块地握。

泥块堆积如山时,你就变成了山里人。

你用诗歌给草原写过跋,写跋的人知道一切的往事都已经在草原上发生。

生前,责任如山。

生后,山如责任?

留下来,就能摆脱错误的人群。

你停留的地方将永远没有对错,没有乌鸦的聒噪,你要像精神分裂者那样幸福,一切真实的,皆为幻觉。

你要留下来。肝火在土地深处熄灭。

是时候该考虑自己了。考虑自己曾经的坚持,考虑自己最后的顿悟:孤独即自由。

他们继续向前,直走到天空的额头挂满皱纹,走到眼神如同黄昏,走到牙齿再也啃不动硬骨头。

你留下来,留成路边一个永远的壮年。

——周庆荣《留下来——悼念诗人简明》

算年龄,简明应属牛,比我小一轮。

此牛离群太突然

空空如也,微信对话框内

从此再无回音……

同属相怜,老牛惜小牛。

遥岑望冀,旅途中合揖相送

——徐敬亚《旅途中合揖相送》

这次你没有阻拦

终于来看你了

你为什么不坐起来打个招呼

答应给你写点东西的

可如今

每个字都裹着黑纱

唯有两行泪仍在秋风里热着

一行因忧时愤世

一行叹人生苦短

——马启代《送简明兄》

我来送你,像一片叶子看另一片叶子

还在原地打漩地看着被风吹走的

人生就是送一送朋友或被朋友送一送
我们不是朋友了,是两片走散的叶子

人间这硕大的树梢
有被收藏、加精、上热门的叶子

还有来不及被赞美
落在途中和要远走的叶子

都是旁观的上帝
所以不要分辨哪片叶子善哪片叶子恶

你是口冷心热的叶子
是坚决的自我的学会成全了的叶子

我只是在为时空转换词语
为你自由世界里的倔强行注目礼

——罗广才《我来送你,像一片叶子看
另一片叶子——悼诗人简明》

小草伸出枯瘦的手指抓紧大地,多么像您

阳光下，高大的树，鲜艳的花
露珠闪耀

贴地的草驮着脚印
与前行者在同一片时光下抒情，和曲
"高举粮食和水"
也高举人

在高举别人时，您的脚步越过了自己的头顶
大树和花朵到不了的高度
小草可以
在"雪的上面，是雪"的地方
活着

——李立《小草伸出枯瘦的手指
抓紧大地——悼简明先生》

简明先生一生写诗无数，编诗无数，培养诗人无数，确实是累了困了，您就安心休息吧！

2019年8月26日晨于深圳

张家界的最高峰

2018年年末,我与深圳诗人朱建业兄同赴张家界参加该市的第二届诗歌节。建业兄是去领奖的,而我几乎很少参加各类征文比赛,故无奖可领,是作为湖南省诗歌协会的受邀嘉宾前去观摩学习、呐喊助威的。通俗地说,乃路人甲是也。

深圳飞张家界每天只有一个航班,而且安排的是垃圾时间。飞机降落在张家界荷花国际机场时已近凌晨。好在组委会服务周到,点对点接机人员已在机场等候多时,一下飞机就坐上专车直奔酒店。

年轻时由于太过专注于文学,一时用脑不慎,落下了睡眠障碍的顽疾,经过离开文学现场二十多年的悉心调理,现在虽已大有改善,但必须得晚上10点前入睡,否则,依然还是难以入梦。在酒店大堂我就问过服务员,得知晚上安排的是双人房,同房的是一家地方电视台的年轻记者。我问服务员还有没有房间，想自费开间房自个儿睡，对方说房间已经客满。

今晚可能要遭罪了，我暗自忖度。

推开房门，果不其然。年轻记者还没有睡觉，正躺卧在床上一边玩着手机一边抽烟，屋子里烟雾缭绕，烟味扑鼻而来。我没有吸烟的习惯，咽喉对烟味十分敏感。有医学研究表明，吸二手烟比吸一手烟的危害性更大。我告知他不能在房间里抽烟，这是公共场所，严重影响他人和自己的身体健康。他既不辩驳，也不解释，只用眼角的余光扫了我一眼，不屑与我说一个字。

我知道这是对牛弹琴，说了也是白搭。

那晚，我一声不吭地躺卧着，在脑子里默数了一整夜的羊，不厌其烦地数啊数，数不胜数，虽然合着双眼，却一直游离在梦乡之外。第二天大清早，我就拖着行李箱去服务台交钱订房。应该说，张家界给我的第一印象令人难忘。

著名诗人，解放军某部大校刘起伦兄刚从欧洲考察回来，就急匆匆地赶了过来，他是坐火车从长沙慢悠悠地过来的。我在酒店门口接上他，晚上我们一起去参加诗歌节开幕式。开幕式节目准备得丰富又隆重，有重要领导讲话，诗歌朗诵，颁奖和歌舞表演，精彩纷呈，在进行到一半的时候，我和起伦兄便跑出来透透气，我们选择在吉首大学田径场上散步，听他讲述本次欧洲之行的奇闻趣事。

我前前后后去过欧洲五次，主要国家基本上都留下过足迹，一些国家留下的足迹还多有重叠，我的系列世界地理诗歌

《西行记》写的就是欧洲，很受读者喜爱，所以，我们有共同话题，相谈甚欢。

起伦兄原本在诗歌领域高歌猛进，中国的主要大刊名刊他都攻无不克，克无不胜，最近改弦更张，向小说阵地发起疯狂进攻，竟然也能攻城略地，弹无虚发，不能不令人钦佩得五体投地。起伦兄为人忠厚善良，乐于助人，我常常拿拙作向他讨教，他也乐意与我分享自己的文学创作认知和体会，与他交心无须设防。尽管天已经伸手不见五指，田径场上仍然有年轻学子在做着各种运动，一个一个黑影从身边嗖的一声飞过，也有年轻学子趁着天高夜黑在谈情说爱，卿卿我我。

在田径场上才走完一圈，湖南省诗歌协会副会长兼秘书长罗鹿鸣兄打来电话，问我在哪？是不是跟起伦兄在一起？我向他如实报告。过一会儿，他就带着司机把车开到路边，车上已有李志高、草树等人，我和起伦兄可以说是强行塞进去的，加上司机一共"六大金刚"，风驰电掣般回到我们下榻的宾馆鹿鸣兄的房间，天南地北，煮茶论诗。这几位大度的兄长一致原谅了我晚上不喝茶，也原谅了我提前告退，据说他们古今中外，高谈阔论至夜深人静。

中等身材的鹿鸣兄是湖南省诗歌界的超级诗歌发烧友和虔诚义工，曾参与援助西北建设十多年，重返故地后利用工作之余，先后发起成立常德市诗歌协会、湖南省金融作家协会、湖南省诗歌学会、建设银行湖南省分行作家（写作）协会，为湖南诗歌的发展做了大量实事好事，深受三湘大地诗歌同仁的尊敬与拥护。

"同行三分亲"，鹿鸣兄待人谦和低调，始终礼贤下士，待我始终关怀备至。一个多月前，鹿鸣兄问我愿不愿意参加张家界诗歌节？我喜静怕闹，所有的文学活动基本上都是一推了之，重回文学圈至今，总共才参加两次大型诗歌活动。但如此高端的一次诗歌学习机会岂能轻易错过？今天，我果真来了。这是我第二次到张家界，第一次是数年前带领单位员工和家属纯粹是来游山玩水，胡吃海喝，消磨时日，那会儿我已逃离诗歌现场多年，直面多娇江山，我仅仅是走马观花，心无二用，没有留下只言片语，印象已不深刻。

　　2018年12月9日，张家界一间宾馆8层房间里
　　一杯热茶煮沸了岁月，取与予，得与失
　　仿若窗外澧水悄然远去，张家界今天的最高峰
　　一定不是天门山的云梦仙顶，而是
　　一群诗人的话题
　　　　——《在张家界——给起伦，鹿鸣兄》

这是我参与这次诗歌节写的第一首诗。第二天上午组委会安排大家坐索道参观天门山的最高峰云梦仙顶。

　　像金山溶丘，石芽，洼地，漏斗，溶洞等
　　是岁月对天门山的奖赏，那些险峰峻岭

拔地顶天，在我到来前
修筑索道的工人已经捷足先登
现在满山洁白的银花，是大自然赋予
勇于攀登者的奖赏

杉木，樟树，苦槠，野桐，领春木，山茶树
它们经过昨晚的精心打扮，银装素裹
倒木，腐木，枯枝，苔藓，黄叶
它们怀有一颗柔软的心，错落有致的
举起松软的白，让我世俗的目光，变得
纯粹而剔透

——《上天门山》

我也是带着纯粹而剔透的眼光去看待刘雅阁女士的。在上天门山的索道上，我巧遇了这个有些富相、皮肤白皙、脸蛋红润、大眼珠子溜溜转的妹子。她身穿红彤彤的羽绒服，两条长长的辫子垂在胸前，说话爽朗而悦耳，十分讨人喜欢。在此后的一天多的行程里面，我与她几乎是在众目睽睽之下形影不离。她在这次比赛中获得了二等奖，那是一首非常棒的短诗。我原本还想她很有可能走进我的某首诗歌，后来不但没有，连互动都少之又少。

第二天晚上，张家界市主管旅游产业的副市长，诗人欧阳斌前来看望起伦兄等人，他打电话叫我过去。诗人欧阳斌给我的第一印象是面貌清秀,思维敏捷,温文儒雅,口才极佳。他热爱诗歌和张家界,此后我常在他的朋友圈里读到他讴歌张家界的诗文,热情洋溢,满腔热血,情真意切,像武陵源的山泉水一样汩汩流淌,澄澈、清甜。

起伦兄是个事无巨细都要考虑周全的现役军人,在浏阳河诗群里,他总是千方百计地想带领大家在一些刊物上集体亮相,生怕某一个人掉队,对每一个人都寄予厚望。"大家好,才是真的好"。他热爱这个群体,他希望这个群体蓬勃向上,兴旺发达,经久不衰,他对诗群的每一个人都有一份特殊的感情。我有切身感受。

张家界山清水秀,风景优美,民风淳朴,因旅游建市,是国内重点旅游城市,现在,张家界又插上了诗歌的翅膀,让文人墨客的足迹遍及这里的山山水水,坎坎沟沟,村村寨寨,并通过他们把那些弥足珍贵的手迹和墨宝撒播到神州大地的大街小巷,角角落落,眉宇心坎,让张家界美不胜收的风光展翅翱翔,使张家界从书籍走进人心,从心动变成行动,带动张家界的经济再次实现飞跃。

此次张家界之行,我总共写了五首诗歌。某日,我把这组诗歌发到诗歌节诗人微信群,某民刊主编主动申请加了我的微信,并指名约我这组诗,还非常客套地说办民诗刊不易,要我今后"多照顾"他们民刊。我表示了感谢,并把这组诗投给了她。大概过了三个月,我在微信中问她准备发第几期?一问无人应答,再问无人应答,过些日子三问,还是无人应答。我没弄明白她唱的是哪一曲？

在我重返诗坛不久，我也遇到过同样一件事情。某中原民刊社长兼主编亲自打电话向我约稿，当时我正在澳洲休假，我说回去再联系。他热情洋溢地坚持要把越洋电话打完，把约稿要求说清楚，要求我在当月15日前把诗稿发给他，安排在秋季号，过后又发来短信强调了一番。当时我还对他认真负责的敬业精神深为感动，想必是自己走狗屎运遇到了难得的好主编。回国后我把在澳洲写的《澳洲杂记》投给了他，不久后就收到他的稿件拟用电话。我想这事应该是铁板钉钉了，于是便把此事放于一旁，去干别的事情。谁知半年过去了仍然不见发表，打电话给他不接，发短信给他不回，过些天再发短信，依然是泥牛入海，有去无回，我想，这肯定是无果而终了。后来，我这组诗歌发表在《诗潮》上，并被《诗选刊》转载。

现在又遇到一个这样的民刊主编，真是让人无语。我不知个中原因，是不是我还有她期待的动作没有做到位？不得而知。但他们如此草率地戏弄作者，的确是很不明智的，不发稿费不尊重作者的劳动也就罢了，失去了广大诗人和读者的信任，他们的道路还能走多远？

当前，中国应该是世界上文学刊物最多的国家，没有之一，除了众多体制内的"官刊"之外，还有不少自筹经费的民刊（主要表现形式为没有财政拨款，以书号代刊号），尤其是随着微信互联网的发展，各种各样的自媒体平台纷纷降临人间，"发表"变得更为容易，粗制滥造了不少所谓的"诗人"。诗歌是一种阐述心灵的文学体裁，是文学的最高峰，而诗人则需要掌握成熟的艺术技巧，用凝练的语言、充沛的情感以及丰富的意象来高度集中地表现社会生活和人类精神世界，并不是分行文字就可以称其为诗。

能攀登这座最高峰的人，方能称之为诗人。

当第二届张家界诗歌节圆满落幕，张家界的最高峰云梦仙顶因为得到诗歌的持续加持，她的海拔将因诗歌的张力被不断拔高，她的险峻将因诗歌的意境而令人拍案叫绝，她的山清水秀将因诗歌的灵动而让人津津乐道，她纯朴的民风将因诗歌的隽永而生生不息代代相传。

当诗人们兴高采烈地离开张家界，张家界也将紧跟着他们的脚步远行，并越走越远。

前方，有诗和张家界。

2019 年 6 月 2 日

最高境界

"终于找到和我同谋之人了！最近我就好郁闷，以为写字的人都干净，其实不然啊！……诗歌改变不了命运，只能改变心情。"记得是2018年年初的某一天，我在朋友圈转发了一条批驳抄袭者的文章（并非是我所写），引起了远在祖国东北丹东女诗人袁东瑛的共鸣，并因此在微信上一来二往，天南海北，爱恨情仇，聊得不亦乐乎。

"很多时候，不是对方真的把你当闺蜜，而是她真的需要解决这方面的难题而已，时过境迁，当你帮她解决了这一难题，她就不想也不需要和你再就这一话题做任何意义的长谈了，她会把兴趣点转移到其他方面。真正的朋友就是彼此的精神维护，相互敬重与相携，互为看重，始终站在那里，与你不离不弃。"袁东瑛的这段"朋友论"，我深以为然。

那天，我们无话不谈，虽从未谋面，却仿佛知根知底，失散多年后不期而遇，把酒言欢的哥们。袁东瑛不仅人长得标致，诗歌写得也非常出众，认识她是从她发在《诗选刊》上的一组诗歌开始的。那次，她获得《诗选刊》征文比赛一等奖，从此走进了我的视野，并随着时间的推移，形象越来越清晰。她的诗歌语言精练，情感细腻，意象纷呈。

她还是一个极富同情心的人。某个冬日，下班遇雨，她开着车在十字路口等红灯，一辆人力三轮车擦着车身而过，在车身留下一道长长的划痕。看到"受伤"的爱车，她心疼不已，而三轮车已扬长而去，无论她怎么鸣笛，对方始终无动于衷，无奈之下，她报了警，并尾随三轮车来到其停驻点时，刚好警察也赶到了。但当别人告知她踩三轮车的人是一个在寒风中身披雨衣，年逾七旬，双耳失聪，以捡垃圾为生的长者时，她惊呆了，脸上分不清是雨水还是泪水。她跟警察道了声谢，悄然离开了。

母亲的病情日益加重，去日无多。袁东瑛说最近都没写诗，母亲的病情占据了她心中的全部，她不想写诗，哪怕诗歌只是从脑海里闪过，她也觉得愧疚，觉得对不起母亲。透过重症监护室的玻璃，每每看到在病魔中挣扎而无助的母亲，她的眼泪就禁不住地往下掉。百善孝为先。孝敬父母是天经地义的，是为人子女者必尽之义务，父母在世时不善待他们，等他们作古了，写再多的诗文去追怀悼念，都是毫无意义的。在天有灵，只是我们活着的人在徒劳地寻求自己的心灵慰藉。

我常对父母亲说，你们在世的时候，吃喝玩乐我都乐意承担，不管花多少银子，所以，你们要想方设法把自己的身体保养得好一些，活得长久一些，活得高品质一些，等到你们百年以后，我每年最多去看望你们一次，也别指望我哭哭啼啼。

那个时候经常面对冰冷的石碑倾诉，其实就是在治疗自己心灵的创伤和孤独。

我喜欢与这样的女子交流，愿意与她成为知心朋友。跟这种富有爱心和孝心的女子相处，只会令人心情愉悦。她仿佛清晨的一缕朝霞，能洗濯你的蒙眬睡眼，让你心境豁然开朗，彼此之间无须设防，更不用担心花草丛中的竹签陷阱。

她多次邀请我去东北玩。我去过吉林，领略过长白山的秀丽和雄伟。如果要去丹东的话，我必定不会找她，必定不会给她添堵，必定是路过，或者空中飞过。

我想在适当的时候悄无声息地跨过鸭绿江，去瞧瞧那个与我们一江之隔的神奇国度，我的这个好奇心日甚一日。

我在南方出生和长大，但对祖国粗犷豪放的北方尤为钟情。我喜欢巍峨挺拔的雪山、喜欢辽阔无垠的草原、喜欢潺潺流淌的溪流、喜欢看白云朵朵在蓝天自由飞翔……就像我喜欢诗歌，但更喜欢远方。

在我去过众多的地方中，让我去了三次还想去的是瑞士。瑞士的青山绿水、人文景观、富足和谐让人着迷，去到那里我什么也不做，只要坐在湖边看着自由追逐嬉戏的天鹅，喝上一杯热咖啡，满满的幸福感就会油然而生。

让我去了两次还想去的地方是西藏。西藏的蓝天、雪山、秃鹫、寺院、转经筒、玛瑙一样的湖水，还有那一张张高原红的脸蛋、古朴的藏袍，全都是诗，隽永之诗。尤其是坐在高速路上飞驰的汽车上，看着两旁虔诚的朝圣者，三步一叩首地向着自己心中的圣地迈进，令人情不自禁地被来自内心深处的震撼所感动，不禁潸然泪下。

益西康珠，头像是一幅唐藏佛教的人物肖像，我在一个微信群里看到这个名字，毫不犹豫地加了她，当时我并不知道此人是男是女。她很沉静，平时概不发声，仿佛西域高原上一头默默啃草的牦牛。真正认识她应该是半年之后，我应澳大利亚《澳洲侨报》的邀约组一期诗稿，便向她发出了邀请。看完她的诗歌、简介和照片，我对她才有一个大致的轮廓。她脸上的高原红和身上泛白的藏袍，还有十分朴素的照相技术，使她与实际年龄存在很大的反差。

> 一粒青稞的生命缓缓蠕动
> 母亲口齿间跳出的咒语
> 像极我的笑容
>
> 咒语长出的芒刺，加持穗
> 袅袅祈福的桑烟拉长身子
> 母亲手上的念珠长成熟透的青稞
> ——益西康珠《母亲手上的佛珠》

在高原上做过赤脚医生，教过书，喜欢跳康巴舞的母亲就是她心中的佛。从此，她就像雪山上的一粒雪，或者是草原上的一棵青草一样，锁住了我的目光。在我呆板的印象中，高原经济发展还比较滞后，康巴人家的经济条件还不富足，我有时把她的诗歌推荐到稿费比较高的深圳的内刊上发表，想让她多挣一点稿费（她从未提过任何要求，我却心甘情愿力所能及地推荐）。有一次，我在向一家知名刊物推荐她的诗歌时，中间提了一句她来自"经济比较落后"的西藏高原，她知道后立马发来微信告诉我，她每月工资有5000多元。这个数字在她生活的那个连手机信号时有时无、邮件快递都不肯去的高原小县城，应该说是相当富足的了，难怪她常说要给我寄这个自采的虫草，那个高山羊肚菌类什么的，我一概不给她地址。

不让朋友们做任何为难之事是我坚持的原则。

去年六月，她生活的大草原准备承办25年才开展一次的盛大宗教活动，届时全国各地的游人会纷至沓来，她热情地邀请我去参加，但我这人天生就对热闹过敏，看到人头攒动就头皮发麻。想去的时候，我自然就会欣然前往，无须挑时，无须邀约，无须酒肉，无须明月。轻轻地来，悄悄地去，顺其自然，服从内心就好。

雅鲁藏布江像逃荒一样，佝偻着腰
从峡谷底溜走，岸边不远处
姐弟仨：8岁，5岁，2岁，立于

门前，清鼻涕是他们最招摇的饰品

比他们更抢眼的是，他们身后的矮房子
已无法辨认建构材质
周身和房顶密密麻麻糊着黑乎乎的牦牛粪
一层叠加一层，给寒舍保暖，给主人
煮食，御寒，平安度过数九严冬

家徒四壁，地上铺着一张牦牛皮
是一家人的铺盖，铁锅是唯一的家当
半锅土豆是一家五口一天的口粮

我的眼睛和鼻子发酸，此生第一次
发现牛粪是那么的崇高，亲切，可爱，香气四溢
它们组成密不透风的墙，它们无私地燃烧
像山神，赐予康巴人家温暖和温饱
——李立《祈祷辞：牦牛粪——给藏家三姐弟》

这首诗记录了我当年西藏之行的亲眼所见，从此在我的灵魂深处扎下了根。让我尤其难以忘怀的是天葬，这种属于平常人家的葬法，也是高原人家最常采用的，比塔葬、火葬、水葬和土葬更令人震撼。现今人类一片一片刮下自己的灵肉喂食秃鹫，除了西藏，再无第二。

每当我被挫折困扰、抑或情绪低落时，就常搬来西藏的辽阔、苍茫、刚毅、信仰、仁爱来理疗心灵。"那么，请借山腰神圣的石阶一用／让秃鹫用我卑微的躯壳驱赶饥饿，再叼着我的灵魂／远走高飞"（李立《冈底斯山》）。那个神秘的地方从此让我牵肠挂肚，念念难忘。

当初认识益西康珠的时候，她仅仅是自娱自乐似的在微信微博上玩玩诗歌，鲜有在正式刊物上发表。如今，她的诗歌已先后在《火花》《椰城》《草地》《天津诗人》《宝安日报·打工文学》《澳洲侨报》等众多境内外刊物上发表。尤其是值得为她感到高兴的是，她的诗歌已形成了自己的风格。也就是我常给她说的，要写她自己最熟悉的东西，骨髓里的东西。写雪域高原上的蓝天白云、草木江河，康巴亲人、牲畜、转经筒，甚至一片从树梢往下飞舞的落叶，只要是高原的，让人看到她的诗就自然而然地勾连到她这个人。现在，她真的做到了。

某日，她喜滋滋地发给我一个截屏，某大型文学双月刊主编对她的诗歌大加赞赏，并说今年第6期要选发一组她的诗歌。她的喜悦溢于言表，为自己的努力追求，为自己一点一滴的成长，为养育自己的沉默寡言的雪域高原，愉悦中不乏自豪和期望。

我诚挚地祝福她在文学道路上越走越畅顺，微笑着走向诗歌的远方。

我深信，假以时日，益西康珠这个名字将会被越来越多的人记住，像高原记住她的子民一样，并从此不舍不弃。

她还是一位虔诚的佛教徒，常常陪着年迈的母亲参与各种佛事活动，修炼身心，母亲劳动的身影常常在她的诗歌里闪烁，看得出来，她是母亲的好女儿。可不知道是何原因，她至今未嫁，自己没有升格为母亲，当然，这个纯属私事，无须刨根究底。

她常常也做一些令我哭笑不得的事情，而且"屡教不改"，比如，她偶尔转发我的微信诗歌链接时，明明比我要小两岁，却赫然写着："老弟的作品。"老弟就老弟吧，也是一个从小就长得着急的老弟。

一个生活在离朝阳最近的东方，一个生活在离天堂最近的雪域高原，而我生活在改革开放的最前沿城市，原本是两只天各一方、互不交集的小蚂蚁，因为诗歌架起了心灵的桥梁，天涯瞬间咫尺，虽然从未谋面，却俨然成为勾肩搭背的发小挚友。海内存知己，天涯若比邻。因为诗歌，我们相识相知相惜，相互理解和尊重，坦诚相待，惺惺相惜，心心相印。

"君子之交淡若水，小人之交甘若醴"，我们从来不会刻意取悦对方，不会寄望通过对方来实现某种私心，不会出于某种目的而靠近对方，不会伸手索取让对方感到左右为难的东西，不会时不时就"骚扰"对方，更不会无耻地向对方乞讨自己得不到的东西，只是在心灵深处给对方留着一个不显山不露水的位置，细微的感知到对方的存在，心境如泉水一样清澈澄明。

在时光飞逝、亲不敌贵的当今，天南海北间保持着这份难得纯洁的友谊，我认为，这是作为诗友的最高境界。

2019 年 6 月 12 日

读读读诗的人

写诗评是个智力加体力的活，首先，需拥有深厚的文学理论造诣和独具的慧眼；其次，得花时间和精力把诗读透读懂读明白，吃透其精髓，然后组织文字对其进行解剖分析，重构其精神状态，去其糟粕，葆其精华，引领读者穿行在作者丰沛的精神境界，言语清晰而不苦涩，遣词精准而不模糊，力度拿捏到位而不似是而非，是对诗歌的第二次创作。

在我重返诗坛的三年时间里，能静下心来读完拙诗，并把他们的真知灼见雕琢成文字的，大概有十数人之多。除下面细叙的良师益友之外，还有起伦、远人、毕志、世宾、樊子、刘莹、大卫、雪克、大枪、解非、方竹、徐志机、庄伟杰、刘长华、郑润良、李不嫁、唐小林、林巧儿、肖照越，等等。这些能洞悉拙诗的粗粝、浅薄、轻浮、苦涩，从中挑拨出人性、悲悯、善良、谦卑，并给予我温暖、鼓励、鞭策、批评和激发我创作欲望的读诗人，都是我走在文学夜路上的提灯者，给予我温暖和光明，使我不再寂寥和落寞。他们辛苦付出的良药苦口，令我时刻清醒认识自己，看清自己肌肤上的盲区，从而避开脚下道路的坑坑洼洼，力争少摔跤不跌倒。他们的文字仿佛一颗颗明亮的星星，照亮着我孤寂的心空，也将照耀我在这条坎坷曲折的道路上行走得更顺更远。

外婆这辈子没有恨过什么人
但对外公恨得牙痒痒的

邻村的一个地主被人活埋了
风声传到外公的耳朵里，他贪死怕生
用一条绳索了结自己。外婆说
那个短命鬼把嗷嗷待哺的六个孩子扔给她
自个儿走了，小姨那时还在她肚子里

外婆咬着牙恨，咬着牙拉扯儿女
起早贪黑，吃尽苦头
选择撒手容易，挑起生活不易
夜深人静，她无助地一边干活
一边默默流泪
儿女大了，她的眼睛也瞎了
可她对外公的恨，不依不饶

> 临死时,她要求儿女
> 把她葬在外公坟旁,到了阴曹地府
> 她要问他为什么那么狠心,丢下她们
> 她还为他缝制一件厚棉袄,她说他下葬时
> 穿着一件薄单衣,会冷
>
> ——《外婆》

黄(亚洲)评:仔细想来,这首诗写的其实不是爱情,是政治。

一个人害怕生活的风暴,提前走了,另一个人把生活的风暴装入箩筐,挑了起来。但是活着的人其实内心并不恨那个提前走了的人,因为活着的人也懂得政治的严酷。

诗人智慧,把巨大的表现容量装入了箩筐。箩筐并不大。但是很重。

拙诗《外婆》被几个读诗人读过,唯有原中国作协副主席、著名诗人黄亚洲老师读出了精髓,言简意赅,一针见血,直抵诗歌的本真。亚洲老师是我最喜欢的诗人之一,尤其钟情他的游吟诗歌,有些甚至收藏起来慢慢品读。

"黄亚洲工作室"微信公众号推出的"每日黄诗"栏目发布的作品像一道道佳肴,美味无穷,选读的诗歌作者不分有名无名,只

重诗歌品相。

万勿误会:"每日黄诗"的黄字,不是涉黄的黄,意思只是说,每日推送一首黄亚洲的诗作,或者是,每日推送一首黄亚洲举荐的好诗。

黄亚洲的举荐,不讲人情关系,入得法眼,唯优是举。若将一年365首诗结集,很可能便是一册上佳的《中国好诗歌》。故此,每日一阅,值得期待。

在海南的一次诗歌活动中,我有缘认识了亚洲老师。如果要问我对他的印象,我愿意用直白了然的词语来表达,那就是他可能是所有文化人都仰慕不已的对象:有才也有财,能吃也会吃,爱玩也会玩,能写也会写,年纪不轻,身材不矮,思维不钝,身体棒棒,文采棒棒,情怀棒棒,踏遍大江南北,游吟世界名胜,该有的有了,不该有的也尽往他身上凑。现如今,他自掏腰包设立"黄亚洲行吟诗歌奖",专注于培养和挖掘年轻诗人,把日子过成了活神仙。

他是不是广大诗人羡慕妒忌的对象?我猜八九不离十。毫无疑问,他绝对是我尊重和仰慕的人。如果到了他那把年纪,拥有他那般潇洒,也不枉来人世走一遭。

文学路如同行独木桥,能走到彼岸的人终归是少之又少,而桥头常常人潮涌动,摩肩接踵。有些痴情者屡败屡战,屡战屡败,至死不渝。轩扬兄在拥挤的桥头磨蹭了半辈子,依然没能过得了河。这位个子不高、才德兼备、刚正不阿的安徽汉子，在皇城脚下"北漂"了三十余年，仍然上无片瓦，下无立锥，靠着为他人做书赚取微薄收入养家糊口，勉强度日。出道很早的他，最先在一家央媒谋生，是鲁迅文学院1998年首届文学研修班学员，原本前途无量，只因心直口快，恃才傲物，眼中揉不得沙子，又好打抱不平，结果得罪了某些文坛权贵，最后落得琴剑飘零，仰天长啸。

轩扬兄不仅仅是一位优秀的诗人，出版十余部著作，而且诗歌评论写得出神入化，妙笔生花。在文坛摸爬滚打的这些年，练就了一双火眼金睛，拥有深厚的文字阅读和组织功底，常常有底层诗人请他写评作序。他是我重返诗坛后第一个给我写诗评的人，也是迄今我最认可的读诗人之一。轩扬兄缺钱也需要钱，但他"君子爱财，取之有道"，不像某些以编书以赏画为途径的人钻进钱眼里赖着不出来。他不但不绞尽脑汁地搞钱，不贪得无厌，不爱财如命，而且常常还疏财仗义，他骨子里依然还是一个愤世嫉俗、疾恶如仇、乐善好施的诗人。京城的冬天寒冷刺骨，他读小学的儿子最大的愿望就是拥有一间带卫生间的房子，晚上方便时不用长途"奔袭"去公厕受冻。

看到这些我心里不禁一阵发酸。

李立是位关注现实的诗人，他在《杨桃树》中就写了一直争议不断的"计划生育"：

疲惫,深藏不露
皮肤上早生的黄斑告诉了路过的风
你的艰辛

我指使了优生优育的黑手
掉下去的仿佛是你的眼泪
又好像是满脸泥巴和泪水的留守儿童
离开母亲的哭喊

在咏物类诗歌中,咏物抒怀型的诗歌可以说俯拾即是。这类诗与托物言志类的诗有许多相似之处,只是它抒发的情感相对来说是短暂的,与"物"所处具体环境和作者当时的个人处境关系更密切。
——轩扬《李立,以诗人的敏锐去划生活的硬度》

人们常说,好诗在民间。其实,好的读诗人也在民间。当下的体制内义学评论者一味地相互"吹拉捧唱",敲锣打鼓,粉墨登场,早已让读者心生厌倦,民间时不时涌现出来的一股清流让人耳目一新。舍得先生也是一位出道很早的诗人,高中时已开始发表作品,他在闽西上杭县农村出生长大,曾被生活所迫而离开诗坛,我的一些诗作引起了比我早几年回归诗坛的他的注意。在我不知情的情况下,他写了一篇《试论李立的人道主义和人文主义诗歌写作》的评论发在一个微信公众号：

> 当今中国诗坛，矫揉造作，故作深沉的"伪思考"作品泛滥成灾，写作者的人格和角色发生严重分离。诗歌创作存在一个困境，至少可以说存在一个误区，那就是对人类生存的现状，缺乏一个清楚而准确地表述，对现实缺乏一种"愤怒和忧虑"的思想立场，无以唤起人类对现实"不完美性"的对抗！

> 你瘦长而弯曲的身影
> 像在土地上耕作的善良的人民
> 我们有着与你一样与生俱来的谦卑
>
> 你偶尔绽放的紫红色的微笑
> 也十分内敛
> 像我们谨小慎微地过着小日子
> 却还是躲不过天灾人祸
> 在去年股市那场狂欢之后的绿油油中
> 我们都被包了饺子

在《韭菜》中可以看到，无论我们多么谨言慎行，依然逃不出这个社会所"赋予"的宿命，在"在去年股市那场狂欢之后的绿油油中／我们都被包了饺子"。诗歌呈现出诗人对自然界生命的怜悯,对底层民众生存境况的心酸、忧虑和同情,同时隐藏着更多的、无言的诘问和愤怒,具有积极的人文主义思想和人道主义精神。

与神交不久的轩扬兄一样,我至今也没有见过舍得先生,亦不知他的身世和学历,但他的这篇发在《中国金融文化》月刊的长篇宏论已经告诉我,他是一个博览群书,极富文学修养,理论涵养极高的民间读诗人。据说,他现在在东莞某工厂打工,用自己的汗水尽到一个做人儿子、丈夫、父亲的责任。其间的辛酸苦辣,寂寞郁闷,屈辱负重,他不说我也略知一二,但我不方便过问,我必须得给予他足够的尊重。

落泊的凤凰往往要比落汤的鸡经受更多的失落和苦楚,因为前者拥有后者所不具备的敏锐的洞察力、浑身的胆识和十八般武艺。后来,有位朋友告诉我,他为了生存四处奔波,依靠出卖自己的体力养家糊口,却仍然对诗歌不离不弃,并师从文学博导潜心钻研诗歌理论。

有诗歌界"劳模"之称的吕本怀大哥绝对称得上是一个勤快的读诗人,他每周通过微信公众推出一期"本怀读诗",一次就读十首诗。我有次笑他以如此这般速度读诗,很快就会把中国的好诗读完,马上面临"无米之炊"了。据说,他是一个文字功底并无先天优势的中学数学教师,且已年近六旬,却老骥伏枥,孜孜不倦,勤奋不让后生,对诗歌创作和评论情有独钟，实在是难能可贵。

>蓝天在上
>他站在大楼之上
>
>他把大楼扶起
>给大楼穿衣戴帽
>让大楼站在城市里有模有样
>
>妻孩在家乡盼望
>他无助地站在楼上
>讨要工钱
>楼下围观的人说：跳呀跳呀
>
>那年岁末
>我因此落下的心痛，城里的医生
>无药可抓
>
>　　　　　　　　——《旧疾》

诗中所呈现的情境乃当下真实的案例，讨要工钱的农民工铤而走险以命相搏的新闻不止看到了一两回，楼下围观的人说："跳呀跳呀"的起哄也不止一两回！

劳动者得到自己应得的工资报酬，在一个正常的社会里再正常不过，一旦到了讨要工钱非得以性命作为要挟作为代价，这个社会是不是已经足够不正常？面对他人跳楼，围观者表示同情并尽可能地劝说与施救，在一个正常的社会里再正常不过，一旦到了这样的时刻还有那么多人起哄，巴不得看到他人以生命为代价的跳楼表演，这个社会是不是已经足够不正常？

是的，当下我们所在的社会可以说已经足够不正常！即使再多的鼓吹，再多的盛会，也难以掩饰草根在当下的疲惫与疼痛，更难以遮蔽他们在当下的卑微与悲惨。"他把大楼扶起／给大楼穿衣戴帽／让大楼站在城市里有模有样"，如此劳苦功高的"他"此刻居然因讨要工钱而只能"无助地站在楼上"，此刻居然还有那么多起哄的看客，这社会是否令人心寒仿佛置身冰窟一般？

"那年岁末／我因此落下的心痛，城里的医生／无药可抓"，由此可感受李立一以贯之的悲悯。幸好，这样的现象已被高层关注，保护农民工基本权益的机制正在不断地得以建立，因讨要工钱而跳楼的农民工越来越少，但起哄"跳呀跳呀"的人一时间仿佛还难以绝种！或许这也正是诗人将诗题称之为"旧疾"的原因吧，但愿，这种旧疾能被时间与法制彻底治愈！

本怀老哥遣词造句特别细腻，且常常引经据典，旁征博引，仿佛一棵大树的枝丫一样慢慢散开。但是，树木的枝叶太过繁茂就会遮蔽阳光，需要剪裁出足够的空间，给阳光和雨露留出宽阔的道路。去年，我写了一首近两千行的长诗《愚昧者》，他居然计划逐行逐节解读！如此这般工程，那非洋洋洒洒弄出数万字不可。我当即建议他放弃这个念头，绝无必要。诗歌之所以是诗歌，就是要在同一首诗歌中，每个人都能品咂出自己独有的味道，并从中吸取能为己用的养分，而不是一杯冰可乐，成分、颜色、含量和口感都毫厘不差。

这就是新诗的魅力所在。

窃以为，诗歌评论不是诠释，也不是翻译，而更像高明的剑客一样功力高深莫测，招式藏而不露，穴位点到即止。或者说是把门打开，让读者从你开启的这扇神秘大门鱼贯而入，至于门里面的典藏，让读者自己去观赏、去领悟、去取舍，大可不必做一个非要说得清清楚楚、明明白白的讲解员。可以把你的灯光拔亮一点，举高一点，以便惠及更多的受众，但切忌让读者踩着你的脚印亦步亦趋。

原广东省作家协会副主席兼秘书长，著名文学评论家，诗人温远辉大哥是位令我无地自容的读诗人，他把灯高高举过了自己的头顶，去照亮他人。去年，他在病中花去五个多月的时间，一边治病，一边读完拙诗一百多首，并写成一篇一万余字的诗评《时光打磨的诗歌》。

当李立穿过人生的风雨，用诗篇告诉我们，风雨之后的世界和风雨之外的世界时，我知道，他的诗歌世界里有沧桑，但更有暖人的光芒。不是他的诗歌经受了时光的研磨，抵御岁月的侵蚀，而是他的心灵在时光的打磨下，仍然葆有诗意，诗情，仍然未失人性的光华。

此前，我跟远辉大哥仅有一面之缘，他竟然抱病卧床花心劳力，写出这篇宏观巨制，如此厚待素昧平生的李立，让我疚愧难当。我曾在拙文《有帮朋友在广州，有帮朋友在心中》里详述了我与他的萍水相逢，并得到他无私帮助的经过，这里，我只想默默地为他祈祷，祈求上天有知错就改的勇气，希望他早日战胜病魔，重新回到文学创作路上，像从前一样神清气爽，笑靥如花，昂首挺胸，拂袖阔步。

提灯者在照亮别人时，自己的脚下，必定一片光明。

2019年9月19日

西天行记

一波三折

  2019年春节刚过,浓浓的年味还在头顶萦绕,世界诗人大会常务副秘书长北塔博士就已经着手准备十月份在印度召开的第39届世界诗人大会2019年年会了。

  印度文化对中国的影响极其深远,四大古典名著之一的《西游记》中唐僧师徒四人历经九九八十一难去西天取经,造福于普罗大众,芸芸众生,这个"西天"就是指当下的印度。

  这个东方文明古国一直横亘在我的内心深处,我三番五次想去撩开她的神秘"纱丽",碍于妻子根深蒂固的成见总是未能成行。当北塔兄给我发来参加第39届世界诗人大会的邀请函时,本人当即决定前往。妻子不愿陪我去邻居家串门,有一帮文人骚客做伴亦为不错的选择。

坊间有一句流言："假如考不上印度理工，那就去读麻省理工吧。"可见印度的教育还算是成功的。美国硅谷高科技企业的CEO等高管职位几乎都被印度人霸占了，没咱中国人什么份，这更加坚定了我想去南亚次大陆"踹门"的决心。我早早报名并积极填报签证申请材料，旅行社在公布最终报名收件人员名单时，唯独把我给遗漏了。在尔后公布的签证通过名单中，我再次十分荣幸地被"签证官遗漏"了。

世界上签证最严的国家是美国、英国、日本、澳大利亚，以上四国和几乎所有的发达国家我都无一遗漏地登门造访过，从来没有被人拒之于国门外，难不成这个邻居果真要拒我于千里之外？好在旅行社的申诉有了预期的结果，一颗悬着的心终于落了地。

临行前，又遇到一个问题。有四人准备在德里多待两天。他们想在旧城区真正了解一下印度人的日常生活，走进印度人的内心，所以选择住在旧德里的家庭旅馆。但他们又说那里治安欠佳，小偷毛贼横行，两个人住一个房间相互照应要安全一些。既然如此，我建议住在新德里条件好一点的宾馆，哪怕贵一点都无所谓，终归安全是天字第一号的，而且，无论如何我都不能接受不相干的两个大男人同房，那震天响的鼾声会要了在下的小命。可他们固执地认为要真正认识印度就要住在旧德里，并去旧德里的街上看看嘟嘟车、牛车、脚踏车、猴子、窄窄的街道和熙熙攘攘的人潮等等。在电话里，我差点跟他们闹僵，并要求旅行社给我办理机票改签，我跟随大部队按原计划回国。

后来，还是我选择了妥协，遵从他们的意愿。强扭的瓜不甜，强摘的花不香。到了印度，了解到的实际情况并非像他们想象的那般糟糕，我跟他们还是大路朝天、分道扬镳了。

在临出门的前一天，突然感觉咽喉不适，晚上去看社区医生，坐诊的是一位操广东话口音的中年男中医。他煞有介事地把完左右手脉搏，说我肾亏虚火上升，他在电脑上磨叽了半天，看着他打字的样子，我真为他干着急，恨不得把自己的几根手指头借给他用。

我原本患有慢性咽炎，前天去广州沉痛送别亦师亦友、一边与癌症博斗、一边耗时五个月写就《时光打磨的诗歌——李立诗集〈在天涯〉序》的"封笔之作"的温远辉大哥时，中午驾车眼困，便灌了两杯冰咖啡进肚，加上这些天深圳天气高温难耐，诱发了咽喉炎。那个庸医给我各开了一盒黑色中成药知梗地黄丸和草珊瑚含片，说没什么大碍。

这个神秘的邻居，让我在出发前一波三折，提心吊胆。

老卞的自嗨和一枚的前卫

旅行社安排的国际航班几乎无一不是"红眼"航班，第一是夜航机票便宜，其次是不管深夜几点，哪怕是 23 点 59 分起飞，也是行程中的一天。参加本届世界诗人大会的中国诗人代表来自全国各地，大家定在昆明集合，再一起搭机前往印度。

贵州彝族诗人阿诺阿布早已在昆明订了酒店，用以举办代表团出行仪式，给大家饯行。由于我是第一次参加世界诗人大会，重返文学圈的时间也不长，所以我认识的诗人非常有限。在我到达指定的酒店时，有些诗人已先行一步抵达。

热情洋溢的彝族诗人卞启忠老哥给先到一步的每个人都送上一本他的中英双语诗集，我翻了翻就退回给他，请他回国后寄给我。如果在出国途中有人送我一本砖头一样的书，那么它的归宿一定是垃圾桶。实话实说，我不大可能带着一本普普通通的书籍在异国他乡漂泊流浪，我特别介意别人给我特别的累赘。比如说喝酒，我已戒酒经年，如果谁要霸王硬上弓——劝我再次把盏，甚至是为此滥用所谓的激将法，那只能怪他自讨没趣。

即便是己所欲，亦勿强施于人。尊重别人，也是自尊，这叫现代文明。如果谁还没有进化到这个阶段，不妨先觅得一个上好山洞闭门思过。后来与卞老哥交流中发现，他是一个非常热爱生活和诗歌的人，也是烟酒不沾。他的诗歌直白易懂、朗朗上口，深受他们家乡的山歌的影响，自称"彝山情哥"。用他自己的话说，他云南楚雄家乡的人们非常喜欢朗诵他的诗歌。

我是十分欣赏并推崇他的这种生活状态的，简单、随性、善良、诚挚、无欲无求，又不是非要在诗歌领域高屋建瓴，成名成家，全凭自己爱好踏歌而吟，轻盈自在，多好！我一而再再而三地在不同场合，坚决支持他的这种言行。无须取悦任何人，只要不伤害别人，不糟蹋文字，只要自己高兴，你就尽情地享乐吧，不管东西还是南北。

民族山歌不一定要在山上唱，在平原上、大海上、汽车上、火车上、舞台上、书本上都可以唱，还可以像卞大哥一样，去世界各地用中国人的乡音唱。山歌是老祖宗遗留下来的一笔珍贵财富，卞大哥践行着发扬光大它们的责任和义务。

我十分欣赏和喜欢与卞启忠这样的古道热肠、忠厚朴实的人打交道，自然实在，也不会糊里糊涂地吃亏。他承诺，回国后要给留下地址的团友每人快递两斤他家乡产的天麻，后来果真没有食言。

前卫艺术家一枚也是一个很随性、亦很自我的人。她原名王铁梅，是上海某大学副教授。由于我孤陋寡闻，对她一无所知，便想对她多了解一点，问她一些事，她却给我吃了闭门羹。她让我"自己上网去搜索"。看她那架势，我还以为网上有关她的文字会像雨点般铺天盖地地朝我袭来。当我遵照她的"懿旨"打开网络，上面除了有一篇关于她举办过一次个人前卫艺术展外，压根儿就搜不到有关于她的什么奇文（闻）趣事。

这个一根肠子的女教授，英语口语超级棒，喜欢特立独行，她在大会上朗诵自己的诗歌时，头戴花环，标新立异地一边绕着会场转圈，一边手舞足蹈、声情并茂地大声朗读，唯恐天下人耳背听不见。在印度一处古庙宇中，一时性情相合，她竟然褪鞋赤裸双脚在众目睽睽之下翩跹起舞，引发各国友人纷纷观赏，行注目礼，一个印度帅哥还单膝跪地献花，在异国他乡收割如此"大礼"，怎能不让她心花怒放、喜上眉梢？在国际诗歌交流会上，凭借着语言上的优势，她操着一口流利的英语三次被同一家电视台采访，遗憾的是，到了国内根本就上不了国外的网站，她的光辉形象只能永远滞留海外，而无法分享给她的家人、朋友、同事和亲爱的学生们，这让她极其遗憾和闷闷不乐，以至于在朋友圈里颇有微词："你就是5G又怎么样？那也只是一个局域网！"

> 带着孤独的光环与世间周旋
> 把丰腴的背影留给一个又一个枪口
> 理想下，接受一次又一次射击
> 她在自己的尖叫中完成一次比一次艰辛的死去活来
> 与某处，她躲在自己的问题和需要里
> 沉默，抑或反击
> ——《被孤独惯坏了的女人——写给一枚》

女诗人阿B写给一枚的这首诗拿捏得恰到好处，形象、生动、深刻、活灵活现，可谓入木三分，真不愧为量身定制。

坐在从加尔各答飞往新德里的飞机上，我十分荣幸地与她紧邻而坐，这一个小时真是眨眼之间，我笑出的眼泪还来不及擦干，飞机就已经降落到地面了。她说给我背诵一首自己的经典之作中的两句诗，我拍手称好。"过了今天，还有明天"。我补充一句：过了明天，必定还有后天。对于她的这首"经典之作"，那晚，我真没少让邻座的国际友人和中国诗人少"横眉冷对"，总之，出来了，我也免不了要放肆一回，谁让我碰上这位个性鲜明、才华横溢、巧舌如簧、又"神经质"的女教授呢？

有些所谓的"著名"教授诗人自恃多读了几本书，多认识几个方块字，故意把诗歌写得玄幻生涩，云里雾里，相对于他们的故弄玄虚，堆砌文字积木，我更喜欢一枚这种直抒胸臆、清新自然的诗行。写自己想写的，做自己想做的，在不损害别人，不糟蹋祖宗留下来的文字，能让自己开心，就是顶呱呱的好事。

教书育人的一枚不但愉悦了自己，同时也送给了别人快乐，这就是一件大好事。

坐怀不乱的周道模和一个活泼可爱的印度女孩

能让别人感到舒适或幸福的人，需要修炼自己强大的内功。我认为，首先要与人为善；其次要谦逊低调；第三是不与人争名夺利。能做到这三者的，人品就不会差到哪里去，朋友们就会乐意与其为伍，相向而行。

我以前也没有见过周道模老哥，虽然在微信上偶有互动，但只是泛泛而交，人与自然界一样，没有经过"亲密"接触，就没法深入到对方的心灵深处，也就无法感知到对方的真实和修行。周大哥已年逾六旬，曾经在四川做过英语教师和中学校长，后因痴迷诗神缪斯的优雅，便辞掉校长之职，以便有更多富余时间与其幽会。他前后参加过八届世界诗人大会年会，可谓一个不折不扣的世界诗人大会的"钉子户"。

他提前两天来到昆明。大部队到达昆明时，他已游历了昆明的青山绿水和名胜古迹，并以诗行记之。他每天早上按时在微信朋友圈里发布他的"行吟地球"系列诗歌，风雨无阻，雷打不动，目前已经发布了一千二百多首。第一次跟他见面，免不了要熊抱一下他宽厚的肩膀，感受一下他的淡定、沉稳、豁达。这是岁月赐予他的最好的礼物。

能收到上天这份礼物的人，必定是诚实之人、善良之人、睿智之人。在未来的十几天里，能与这样的人相处相伴，亦是不亦乐乎。

中国跟印度有两个半小时的时差，北京时间深夜23点40分从昆明起飞，飞行两个半小时降落在加尔各答机场时，当地时间正好是23点30分钟。

加尔各答的海关办事效率可能是全世界最低效的，没有之一。这里不但手续烦琐，而且检校设备老旧迟钝，不仅要录入三种手指模型，每一种都要录十次八次才能通得过。我原本是站在周道模兄身后的，看到那个十根手指有六根戴着硕大戒指的验查员，办事实在是啰七八嗦、磨磨唧唧，便换了一排队伍，谁知，换来换去还是我是最后一个过关，连原先排在我后面的人，都比我率先进入邻居"阿三"的国度。

这也正中老祖宗的一句话：欲速则不达。

> 对于昨天，我已放下了所有幽怨
> 我原谅了饥饿，贫穷，衣不蔽体，原谅了
> 麻风病，瘟疫，感冒发烧，原谅了
> 肮脏的水，发臭的垃圾，传播痛苦的鼠类和蚊虫
> 原谅了发黑的道路和低矮的贫民窟
>
> 我原谅了墙壁上的镰刀、铁锤和选票
> 原谅了寺庙渎职的神，把神职人员
> 喂得脑满肠肥，却并不理会那些顶礼膜拜的
> 瘦弱的祈祷，他们虔诚的心
> 盛满平静如水的泪，在我眼眶里打转
>
> 我原谅了那棵无精打采的菩提树，原谅了
> 叽叽喳喳的灰鸽子，和平那么遥远。原谅了
> 那辆吐着噪音的"嘟嘟"车，在特蕾莎之家
> 门口向我伸出的枯瘦如柴的小手，我无法原谅
> 自己伸进裤兜里的手，犹豫了半天
>
> 世上的幸福总是青黄不接，不幸常常
> 首尾相连，从特蕾莎之家出来
> 我原谅了破旧的街道，拥挤的人潮

> 原谅了在大街上洗澡的人，原谅了天
> 原谅了一场说来就来的毛毛雨，雨那么小
> 没有洗脱苦难，也没有浇灭希望
> ——《在特蕾莎之家，我原谅了加尔各答》

就算我不原谅加尔各答，加尔各答也不会过分与我计较什么，终究，我们只是一群心中并无恶意，兜里揣着美钞，欣欣然远道而来的过客。我们打老远慕名而来，无非是想向被我们敬仰的人和物，献上我们虔诚的敬意。

访问印度的第一站加尔各答曾经出过两个在中国家喻户晓的人物，一个是圣女特蕾莎，她终其一生帮助老人、病人、穷人和小孩。另一个是大诗人泰戈尔，他是一个民族主义诗人，写过许许多多优秀的诗篇和小说，他的诗歌曾经影响过一代中国诗人。他们分别是亚洲第一个获得诺贝尔和平奖和文学奖的先贤。

在特蕾莎之家，我们拜祭了这个伟大的圣女，对她的生平事迹有了更加深切的感受，也增添了由衷的敬意。在泰戈尔故居门口，我们却被拒之门外，原因是印度副总统当天要来拜谒泰戈尔。虽然事不凑巧，但我还是感觉十分舒服，一个副总统前来造访，这里竟然没有封路，也不需清场。

从加尔各答飞新德里的飞机上，周道模兄与热情奔放的一枚比邻而坐，任凭闭月羞花的一枚高谈阔论、笑语喧天，坐怀不乱的周道模兄竟然睡着了。

我虽然没有睡着，但我感觉到流光瞬息，时间过得飞快，我真巴不得时间再慢些走，让我与前座的印度小女孩再多点互动和交流。这个洋娃娃大约两岁半，毛发卷曲，皮肤褐黑发亮，双眼陷凹，黑色眸子大而有神。她一路上跟我扮鬼脸，眨眼珠子，吐舌头，捉迷藏，偶尔说点简短的英语，十分的迷人和可爱。她让我愉快地度过了一段最枯燥乏味的时间，挥别之时彼此还依依不舍。

她的天真、纯洁、聪颖、活泼、美丽，让我觉得这个世界无论多么不堪，有这些鲜活的小生命，依然值得让人动容、留恋和感恩。

> 当谎言插满鲜花，用流量
> 在空气中弥漫开来，我正处于
> 关机状态。亲爱的印度小孩
> 你的一个鬼脸，一个手势，一个眼神
> 填补了我心灵的许多空白，在你的纯真里
> 我努力搜寻一些虚无的记忆
> 诚信，怜悯，仁爱，宽容，在我的世界
> 业已失传，你深黑色眼窝里的纯真，活泼
> 你棕黑色肌肤的健康，朝气
> 你可以感知到自己的未来，而我却不知所措
> 你握着我的手，我们都不愿松开
> 百米开外，你回头冲我微笑，伸出舌头

一个年轻的印度妈妈,抱走了

我的童年

——《给一个印度小孩》

下了飞机,主办方的接机人员在机场为中国代表团举办了盛大的欢迎仪式,给每个人都戴上新鲜艳丽、香气扑鼻的花环,代表团成员争先恐后地选择好自己心仪的位置,纷纷竖起大拇指,照了一张大合影。每当这个时候,我总是漫不经心地凑过去,不求抢占最佳位置,就是老脸儿不见了也在所不惜。走自己的路,让别人去风光吧。以前是这样,现在是这样,今后还将是这样。

让她操碎了心的摄影发烧友

在我离开诗歌的这些年,我流浪过许多地方,心中曾有过小九九,打算等我七老八十的时候,出一本摄影集。为此,我拍摄了四百多幅有关小孩、老人和美女的照片。后来,我不但放弃了这一念头,对照相也变得日趋冷淡,出行连相机都懒得携带了。

说到照相,我想,我应该是全团照相和说话最少的一个人。原本以为,酷爱摄影、常常神龙见首不见尾的罗鹿鸣兄,和他的爱妻、腼腆羞涩的白秀琴女士应该也属不善言辞之人。后来一想,不对,他们常常表现出来的卿卿我我、恩恩爱爱、缠绵悱恻，不都是需要用语言来表达的吗？此刻，我无疑就是全团说话和照相最少的人。

每次团队集合清点人数时，罗鹿鸣总是肩扛两部"大炮筒"，姗姗来迟。据白秀琴嫂子说，摄影能让罗鹿鸣兄忘掉一切，甚至不吃不喝。他常常为了拍摄一张日出的照片，深更半夜就蹲点守候。有一年他们夫妻双双挺进西藏拍摄雪域高原的原始自然风光，翻高山蹚大河过草地喝雪水啃硬邦邦的干粮，历尽千辛万苦，吃了不少苦头，最后把她累病了，只得独自提前下山打道回府。但罗鹿鸣兄仍然坚持到底，在高原一待就是一个多月。

她说，罗鹿鸣外出拍摄，总是令她牵肠挂肚，放心不下，所以，爱屋及乌的她只好陪着他去，打虎亲兄弟，上阵父子兵，好有个照应。这个让她操碎了心的男人，老了老了并没有回心转意的意思，反而变本加厉地扛着他那沉重的摄影器械颠沛流离，四海为家。

白秀琴嫂子生得面貌清秀，身材娇小，说话轻声细语，走路无声无息，在爱情的滋润下，虽然刚过上了闲云野鹤般的退休生活，但她看上去依然年轻貌美。在大巴飞驰于南亚次大陆的广袤大地途中，罗鹿鸣兄一改往日的内敛含蓄，车上所有的诗人都见证了他对她高亢嘹亮、掷地有声的表白："阿白，我爱你！I love you！"这些既是蜜糖又是"毒药"的心灵表白，能戳痛每一个女人的内心深处，并心甘情愿地为之默默奉献一生，无怨无悔。同时，他还给大家献上了一首声情并茂的歌曲

《妹妹你大胆地往前走》，年纪稍大的男人都会哼唱这首老歌，它是释放男子汉英雄气概的一首动情的曲调。但从罗鹿鸣口中唱出来，我仿佛听到"白秀琴妹妹你大胆地往前走，哥哥我罗鹿鸣走在你的前头，无论艳阳高照，无论雷雨交加，我与你都要相依相偎，不离不弃，永永远远"。他这种对爱妻的心灵暗示和传递，只有他们自己才能接收并诠释，我想白秀琴嫂子对这种心灵密码早已烂熟于心。

罗鹿鸣兄和白秀琴嫂子应该说是一对神仙眷侣，情投意合，甘苦与共，夫唱妇随，琴瑟和谐，鸾凤和鸣。一个温文尔雅，一个寡言静谧，举手投足，心领神会。据罗鹿鸣兄说，他们相遇相识相爱于世界"第三极"——青藏高原，在他大学毕业那年，他做出了人生最重要的选择，来到祖国的大西北支边，踏出了人生波澜壮阔的第一步，并且收获了心满意足的爱情。自结婚以来，他们每年都要结伴而行，放足远游一次，无论国内还是国外，风雨无阻，相拥而行。

这次夫妻双双参加第39届世界诗人大会中国代表团访问印度，对于一个诗歌信徒和与他相濡以沫大半辈子的贤内助来说，更是意义非凡。在整个活动过程中，罗鹿鸣兄应该是最勤奋最辛苦、流汗最多收获也最多的一个人。他肩扛两台"大炮筒"，一刻不停地跑上跑下，见缝插针，俨然是一个活跃的新闻记者，衣服常常是湿漉漉的，我多次笑他被印度人搞得"湿身"了。有一次，大家吃完饭准备上车，唯独不见他的踪影，但背包尚静倚在座位上，我顺手提着，非常沉，起码有二三十斤，从餐厅到停车场短短的行程，我提得双手发麻，背带陷进肉坑里，许久才恢复原状。

可想而知，这一路走来，他想不"湿身"都难。

喜好这东西有时候真的无可匹敌，吃再多的苦，受再多的累，遭再多的罪，依然能够默默承受，无怨无悔。譬如我自己，离开了诗坛二十多年，原本以为就此永别了缪斯，可谁知老了老了又与缪斯女神重修旧好，再续前缘，尽管诗歌已不可能改变我的人生轨迹。我不但写了，还倾情投入，写到印度来了，与30多位来自全国各地的诗人们共同参加第39届世界诗人盛会。

"柔情似水，佳期如梦，忍顾鹊桥归路。两情若是久长时，又岂在、朝朝暮暮。"

情是。诗何尝不是？

"千庙之都"布巴内什瓦尔弥漫着诗歌的芬芳

从昨晚的接机仪式中我就预感到主人无与伦比的热情。今天早上，当我们走下巴士，来到开幕式主会场大门口时，还是被主人炽烈的热情震撼了。

诗人们踩上长长的红地毯，大道两边的少男少女们身着不同民族服装，载歌载舞，夹道欢迎。第39届世界诗人大会启动仪式在嘉林葛工业技术学院(KIIT)运动场进行。蓝天白云，艳阳高照，高温下的三万多名学生分为不同的方阵，不同方阵的学生身穿不同款式的服装，在引导员的高声指引下，整齐划一地挥手、拍掌和喊口号，声如雷鸣，场面壮阔，气势恢弘。

当天晚上，大会开幕式在 KIIT 大学礼堂隆重进行。现代化的礼堂灯火辉煌，人声沸腾。开幕式在热烈欢快的印度民歌声中拉开序幕。奥里萨邦首席执行官沙利、世界诗人大会主席杨允达、KIIT 大学校长萨曼塔、世界诗人大会副主席卡汉、秘书长玛莉亚以及地方政要、文化名人等先后致辞。

坐在主席台上的 KIIT 大学校长、本届大会主席、诗人萨曼塔先生上身穿白色西装，下身为印度裹裙，脚蹬人字拖鞋，说话如机关枪连放，飞快且洪亮，中气十足，铿锵有力，他的发言引来阵阵雷鸣般的掌声。尽管他的印度英语我一句都没听懂，但给我留下了深刻印象。大会还向印度著名诗人、文学家颁发荣誉证书。最后在艺术家们精彩的印度传统舞蹈与少儿舞蹈表演中结束。

"五十而知天命"。成立 50 年的世界诗人大会为各国诗人及诗歌文化交流与合作搭建了宽广的平台，50 年的发展使她积累了崇高的声誉、悠久的传统和宝贵的经验，她将继续为世界各地诗人之间的交流提供宝贵的服务平台。揭幕仪式后，在 KIIT 校区还举行盛大而隆重的纪念甘地诞辰 150 周年的活动。

本次大会的各项活动精彩纷呈，各国诗人在台上朗诵自己的佳作，相互赠送诗集和精美礼品，台下展开推心置腹的诗路交流，坦诚而热烈，尤其是诗人代表人数最多的中国代表团，处处都闪现着他们熟悉而靓丽的身影。《中国诗选 2019》（汉英双语)一书也在大会上举行了隆重的发行仪式,并向各国诗人广泛赠送,这将把中国诗人的精彩之作带到世界各地,成为中国与世界交流的又一座精美绝伦的桥梁。布巴内什瓦尔境内拥有大大小小的寺庙上千家之多,遍布该市的每一个角落,有"千庙之都"之称。"千庙之都"布巴内什瓦尔处处都弥漫着诗歌的芬芳,沁人心脾。

当与会者削尖脑袋,各显神通地都往热闹里钻的时候,我喜欢一个人选择一个安静的角落看热闹,笑看天下风尘从每一张灿烂绽放的脸上吹过,这一刻,他们是发自内心的,是情不自禁的,是十分享受的,我也是的。当大会主持人连喊了四次"LI LI",恍惚中我才反应过来,我的诗歌也在本次大会上获奖了。同时获奖的还有中国台湾诗人洪郁芬、古月,大陆诗人龚璇、阿诺阿布、陈波来等。

当我悄然离开第39届世界诗人大会会场
步行300米来到海边,诗歌的澎湃声
不是离我越来越远,蓝色的浪花
在南亚的阳光照耀下,散发出夺目的光芒
我以双脚亲吻金黄的细沙,发出
细微的沙沙声,仿佛我在朗诵自己的诗篇
虽然湘音未改,略显怯场,但我知道
我的心声不仅仅是罗鹿鸣、北塔、周道模、龚璇
听懂了,黑皮肤的,白皮肤的,综肤色的诗人

全都了然于胸，诗歌和眼神

是心灵的桥梁，孟加拉湾的海水，一次次

报以经久不息的掌声，我双手合十

面朝大海，以一个印度人的虔诚方式

谢场

——《孟加拉海湾的馈赠》

闭幕式那天，空气中明显感觉到多了一些紧张气氛，会场外面被荷枪实弹的士兵包围了，三步一岗，五步一哨，所有参会者都必须凭印有本人照片和二维码的大会证件，通过安检门的检测方能进入会场。

印度时间10月6日，第39届世界诗人大会于嘉林葛工业技术学院(KIIT)结束各项议程，徐徐落下帷幕，为此次世界诗人大会画上了圆满的句号。印度副总统Shri M.Venkaiah Naidu奈都先生出席大会并发表热情洋溢的长篇致辞，他强调本届诗人大会的主题compassion through poetry，"通过诗歌去同情关爱，全心付出，追求精神高度。"诗歌和文学、艺术一样，都有助于人民幸福、社会和谐、世界和平。

晚饭后的文艺会演，始终让我绷紧着神经，十分专注地欣赏着他们的一举一动，一言一行，尽管我听不懂一句台词，但从演员的表情、动作、服饰、道具和全场排山倒海的掌声中，感知到了印度民族歌舞强大的艺术感染力，被他们的精湛演绎震撼了，那是音乐与舞蹈，人与自然的天作之合！民族的，也是世界的，这就是艺术的生命力。

我尽情享受了一次艺术的饕餮盛宴。

细节决定成败。本次大会之所以非常成功，全在于主办方把每一个细节都考虑得周到细致、无微不至。尤其是令人感动的是，有两天安排去孟加拉湾海边的一个度假胜地召开诗歌朗诵会，全程由荷枪实弹的士兵，开着警笛和警灯开道护卫，给予平时生活在社会底层的诗人们极高的礼遇。这可是诗人们从未有过的生活体验，也定将激发诗人们内心深处的自豪感。

好好写诗吧，以你诗人的善良、虔诚、怜悯、宽厚和豁达，去讴歌世界上一切美好的事物，哪怕曾经给过你不堪！以你的诗意去爱这个给你生命，给你荣耀和痛苦，让你吃尽苦头，历尽沧桑，赐你荣耀，给你梦想，而且诗意盎然的世界吧！

心中深藏着一颗爱心，去到哪里你都不会害怕寂寞和寒冷。

布巴内什瓦尔上空蓝天白云，阳光灿烂，微风徐徐，大地上鲜花绽放，绿树掩映，令人十分舒坦和惬意，不知是它被各国诗人们舒展的心空感染了，还是它感染了各国的诗人们，天和地与82国的诗人们一起尽情享用着这诗意的、纯粹的、和平的、圣洁的、快乐的、美好的时光。

诗歌，让世界人民彼此之间不再有距离。

邂逅一个北大荒老知青和一个漂亮的"小辣椒"

在嘉林葛工业技术学院(KIIT)西餐厅享受本次大会安排的最后一顿晚餐时,一个操标准普通话的老大姐端着盘子在我的对面坐下。她十分客气地祝贺我获奖,她说她是评委,全程抹掉作者姓名,翻译成英文,公平公正,问我是哪一首诗的作者。她虽然长着一副黄种人的面相,普通话也非常标准,但从她的衣着打扮和言行举止看,她既不是港澳台人,也不是大陆人,从脸上健康的古铜色估摸,倒像是一个有钱也有闲的欧洲人。一方水土养一方人,老祖宗说的话,看来对外国也管用。

我问:我不知该叫您大姐还是阿姨?

她答:叫大姐吧。

我问:请问大姐从哪里而来?

她答:欧洲荷兰。

我问:挺远的,辛苦吗?

她答:还好。我经常出门玩,没有感觉到累。

我问:看得出来您的身体状态很棒,可以知道您的年龄吗?如果不方便的话,请您原谅!

她答:71岁了。

我说:哇,您看起来真年轻。您跟我父母年龄相仿,我还是叫您阿姨吧。

她答:还是叫大姐好,这样显得我年轻。

这个性格开朗，语言幽默，衣着打扮朴实无华的老大姐笔名叫池莲子，原名叫池玉燕，是世界诗人大会的永久会员。她年轻时从浙江温州下放到东北荒漠北大荒垦地种粮，小小年纪便尝遍人生的艰难困苦，见多了生离死别的她，怀揣着改变自己命运的梦想，在高考重新放开的第一年，凭着自己顽强的毅力，成功考上了厦门大学。在厦门大学学习期间，她开始学习写诗，并发表作品。大学毕业后，她选择去欧洲荷兰留学，在学校遇到了自己的另一半，一个纯粹的荷兰小伙子，并在荷兰定居了下来。她生有两个儿子，大儿子 Joewi Verhoeven 是北京电影学院毕业，专业摄影师，北影专业导师；二儿子 Ruben Verhoeven，欧洲知名现代舞蹈家。个个都学有所成，出类拔萃，在同辈中鹤立鸡群。看得出来，池大姐淡然而自信的笑容里有满满的幸福感。

虽然跟池大姐是初次见面，但这个远嫁异国他乡的游子，仿佛是见到自己的娘家人一样，热情、亲切、嘘寒问暖、敞开胸怀、无话不谈。我把我写的一首诗《阿姆斯特丹》给她看，她说我对荷兰的了解还不够，只写出了表象。荷兰是一个非常包容的国度，环境保护得极好，国家安定，人民富裕，是真正的国富民强，欢迎我下次再去走走，深入地摸索了解。同时，池大姐还提到，现在中国人口袋里有点钱了，常常走出国门旅游，这原本是一件天大的好事，可有些人却总是把国内的一些不良恶习带到国外来，造成一些恶劣影响，这个急需改变。

我非常赞同她的观点。读万卷书不如行万里路。出来观光旅行，是为了开阔眼界，增长知识的，不是为了嘚瑟显摆，更不是出来抢吃抢喝。去年我去埃及旅游，由于埃及人在沙漠土质里种出来的西瓜特别清甜，国人们就放开肚皮大吃特吃，甚至还吃一半丢一半，等到我去取的时候，人家限定中国团每人只能取两块，多了不给，关键是只有中国人才独享这个"待遇"，让我感觉自己像个可怜兮兮的乞丐。令我深感愤怒和羞耻。

看到与我母亲一般年纪的池大姐还能满天下自由自在地溜达，我真是有点羡慕嫉妒恨。一个生活在社会福利保障优越，没有焦虑、压力、攀比、自私自利社会的人，其精神状态全写在脸上。作为她的娘家人，我在心底为她默默地祝福！

在这里还见到来自宝岛台湾的《创世纪》诗刊社长古月阿姨。她头顶深蓝色礼帽，身着紫色长裙，高挺的鼻梁上始终架着一副墨镜，气色红润，精神矍铄。我把"亲密无间"搂着她的合影发到朋友圈，有诗友竟然误以为是我的太太，说她年轻漂亮。

古月阿姨漂亮不假，但已经年方七十有七，这是我第二次见到她。当时，酒店大堂人多眼杂，我还没认出她来，她就远远地大声呼喊着我的名字，我赶紧屁颠屁颠地小跑过去，狠狠地搂着她，请人拍照。

古月阿姨原名胡玉衡，祖籍湖南衡山县，幼年随军人父亲去的台湾，虽经岁月的洗礼，但"濯清涟而不妖"，湖南人的秉性依旧耀然。前些年老伴过世，她把所有的情愫都寄托给了诗歌，创作出不少脍炙人口的好作品，她也在这次世界诗人大会上获得大奖。古月阿姨原本就是一个性格开朗、快人快语的"小辣椒"，见到我这个老大不小的小老乡，显得格外的热情和亲切。这把年纪了，她依然耳聪目明，鹤发童颜，吃睡都香，步履轻盈，周游世界，真是到达了人生的最好境界。我由衷地为她感到高兴，不是为她的诗歌获奖，是为她硬朗的身体和明媚的心态。

参加这次诗人大会的华夏儿女除来自大陆以外，还有来自港澳台、美国、加拿大、欧洲和东南亚等地，大家本着以诗为媒，以诗会友，在南亚次大陆展开切磋交流。在此，我愿以诗的诚挚祈祷，祝福全天下的华夏儿女诗心满满，诗意滔天，人人都过上诗情画意般妙不可言的美好生活。

过了山海关，都是赵本山

菩提树、辣木树、大叶榕树散漫地散开枝丫
那些翠绿，未经任何饰缀
它们漫不经心的生长，仿佛
从未经受过斧头、镰刀、钢锯的伤害
据说，这里从未饿死过人，普度众生的寺庙
接济食不果腹者和老弱妇孺，高山大川
不吹阴风，不下斜雨，不折腾苍生

特蕾莎治不愈一国的贫穷和疾病,圣雄甘地
倒在卫士的枪口下,他却以微笑
征服了敌人,让人民拥抱尊严和自信
汽车像一阵煦风,自由地穿行在南亚次大陆
奔驰在泰戈尔的诗行里:"生若夏花般绚烂
死若秋叶般静美。"迎面双手合十的人
一生中,从大自然取用无数,最后用一把火
把自己,全部还给大自然,一个小土丘
都显多余
——李立《汽车奔驰在南亚次大陆》

大会结束后,我们要坐长途汽车去阿格拉参观世界七大奇迹之一的泰姬陵。坐长途汽车是件枯燥乏味之事,在陌生的环境尤甚。当汽车几乎是恒速奔驰在南亚次大陆,满车的诗人们并未感到孤寂和无聊,更是无暇顾及车外绿油油的异域风情。陈泰灸比他的前任、中规中矩的女诗人杨于军更具主持天才,主持风格热辣活泼,妙语连珠,笑点横生,把大家的情绪一次又一次地推向高潮。

东北有句话叫:"过了山海关,都是赵本山。"说的是长期生活在那片白山黑水之中的人们,滑稽、风趣、幽默、诙谐,是与生俱来的。陈泰灸曾经做过县文体局长,长期沉浸于文化领域的官场,想练就能说会道、忽悠众生的本事原本就不是什么大难事。难的是不打腹稿,信手拈来,拿捏到位,滑稽而不粗俗，把天生缺乏幽默细胞的诗人们一个个笑得一把鼻涕一把眼泪，前覆后仰。

赵本山，俱往矣。诗人陈泰灸兄不但长得比赵本山还东北，酒量也比赵本山东北，大脑袋，宽脸庞，浓眉大眼，虎背熊腰，声如洪钟，处处无不东北，主持效果更是有直追赵本山之势。管不了看客是怎么想的，至少，我是这么认为的。

在他的挑逗和"捉弄"下，平时扭扭捏捏的诗人们一个个心甘情愿地予以配合，走到车前拿出各自的看家绝活。有唱歌的、有诵诗的、有讲笑话的、有唱英语歌的、唱国粹京剧的，还有向爱妻深情表白的，周道模兄更是从国内带来了葫芦丝，吹得飘逸、轻柔、优美、略带鼻音，情感温柔细腻，给人以含蓄朦胧的美感。真是八仙过海，各显神通。

诗人王桂林兄虽然是微信老友，但从未谋过面，平时互动也仅限于在朋友圈里相互点个赞。通过这次活动中的三件事，让我对他有了崭新的认识。一是他知道我咽炎咳嗽后，先是前后左右环顾一番，再以迅雷不及掩耳之势塞给我一盒咽喉含片，那个动作仿佛是做小偷一般，欲遮人耳目，说明这个人热心肠，做好事不想留名。另外是在诗人大会结束时，各国诗人上台向大会献礼，他送上一幅自己的书法作品，字的内容我已不记得，但对那幅字记忆深刻，虽然欠缺一点书法大家们的飘逸潇洒，却也具有相当深厚的艺术功底，铁定能登上大雅之堂。第三就是在陈泰久的挖掘和鼓动下，他演唱了京剧《林海雪原》片段，只见他挺胸运气，昂首瞪眼，手势铿锵，演绎得高亢有力,气吞山河,有如猛虎下雪山,势不可当。用北塔团长的话说,是他的京剧唱功让原本尿急的诗人硬生生地把尿憋了回去。

看来,北塔团长要么不说话,要么一言直击要害。当然,在这次十余天的访印旅途中,北塔团长也有过发火的时候。有一次,有个别团员深陷于印度精美绝伦的名胜古迹里,在规定的时间没能突围出来按时上车,他憋红着脸说谁下次再这样拖拖拉拉,影响大家行程,就让他自个儿打车去下一个景点。

令人高兴的是,本团的诗人们个个知书达礼,善解人意,涵养好,素质高,自律性强,富有团队协作精神,互相理解和关心,这种事情始终没有发生。

我的团长我的团

火车跑得快,全靠车头带。参加这次世界诗人大会是历届人数最多的一次,成员有企业老板,金融业高管,大学教授副教授,刊物主编副主编,市县作协主席和一些体制内的公职人员等等,可谓个个都不是省油的灯,要把这些散沙聚成塔,非要团长北塔事前进行周密细致的工作部署不可。

我与著名诗人、学者、翻译家北塔成为微信好友也有两年多时间了,但几乎没有互动过。倒是他与著名诗人龚璇联袂主编的中英双语《中国诗选》连续两年都收录了拙诗。这次初次打过照面,我还以为他是70年代后期的"产品",没想到他只比我晚一年来到世上，但看上去，他至少要比我年轻十岁。岁月对他真是十分眷顾和慷慨，好不令人心生妒忌。北塔兄不仅仅长得一表人才，文质彬彬，风度翩翩，而且学富五车，才高八斗，经常随中国作协代表团出国进行学术交流访问，去年他就随中国作家代表团访问过印度，但那次主要成员是小说家和散文家，诗人仅仅只是点缀。作为世界诗人大会常务副秘书长的他，参加每年一届的世界诗人年会是他不可推卸的本职工作。

　　在本次世界诗人大会期间，北塔兄需要参加各种事务性活动和会议，平时很少见到他的身影。真正认识并领略他过人才华，是在世界诗人大会结束后，在新德里与印度国家文学院举行的"印中诗人诗歌双边交流会"上的精彩表现。交流会的下半阶段，他几乎既当汉译英者，又当英译汉者，左右开弓，舌战印度群儒。

　　为了搞好这次中印诗人有史以来的首次交流，中国代表团做了充分的准备，每一个步骤都进行了周密细致的安排，可谓是兵来将挡，水来土掩。但在实际操作中，往往还是事与愿违，难免不出差池。譬如说，事先安排负责中方诗人发言翻译工作的贾荣香教授根本就没有发言的机会，还有些诗人半路杀出来操起半吊子英语叽里呱啦地一通说，让印度诗人们听得云里雾里，一头雾水。

　　负责印度诗人发言的翻译由旅居加拿大的女诗人索菲负责，可能是由于她初次担任诗歌翻译工作，又略显紧张，起初翻译并非尽善尽美。为了参加这次世界诗人大会，索菲从加拿大蒙特利尔飞往北京，再从北京飞至昆明与大部队一起飞往印度，一路辗转劳顿，非一般人所能承受，不要说一个形单影只的女流之辈，就是换做牛高马大、外强中干的我来说，也未免能经得起如此折腾。诚然，她对诗歌的执着和热爱可见一斑。

有一次晚饭，团友们为她、一枚和杨于军三个天生丽质的美女诗人庆祝生日，大家吃好喝好高兴之余，纷纷朗诵起自己的诗歌。索菲也当众朗读了一首以前写的诗《比萨斜塔》，这首诗在很多刊物上发表过，因为我也曾写过《比萨斜塔》，故听得特别用心：

　　　　警世之钟高悬而沉默
　　　　斜——斜而不倒的绝技
　　　　已然让它活成奇迹
　　　　扬名立万于膜拜奇葩的人间

　　　　走出斜塔，世道依然如故
　　　　该正的正，该斜的斜
　　　　正的永远比斜的多
　　　　斜的永远比正的惊世骇俗

索菲的这首诗立意新颖，语言简洁，结构巧妙，富含哲理，读后回味无穷，是一首非常成功的上乘佳作。无论从诗性的广度，还是高度，我感觉都在我写的《比萨斜塔》之上。

在国外生活的华人相对来说要单纯许多，这从索菲身上又一次体现了出来。无论从穿着打扮、言行举止索菲都比国内的女诗人显得随意、朴实、自然，或许还有些单调，但她身上散发着一股清新自然的美感。

代表团里我见过面的只有三人，其他都是初次见面，但有些仍然给我留下了深刻的印象。

龚璇兄是杆老烟枪，每次吸烟都要连抽三支，否则不解烟瘾，可谓是吸得十分高调。但他为人却极度低调，总是不显山不露水，不抢话筒不争镜头，有出头露脸的机会时，不是躲闪，就是逃避，关键时刻故意"掉链子"。不与青草争阳光，不与绿叶夺甘露。我与他常常在某个安静的角落不期而遇，相互会心一笑。我打心眼里喜欢这个老哥，如果他不嫌弃，这老哥我认定了。

冯明德老爷子长发飘逸，笑容灿烂，像个老顽童，里里外外都像。他说他跟宝贝女儿有约在身，他想让三十好几的女儿早日生儿育女，女儿却要与他做一笔交易，让他每天"上交"一幅画，所以，他走到哪就画到哪，一刻都不耽搁。我跟这个湖南老乡认识多年，但从未向他投过稿，我至今还没有在他任主编 N 年的《散文诗》发过像样的东西，今天还是第一次见到本尊。在机场临别时，他十分隆重地送给我一个大拥抱，让我心里暖洋洋的。

参加这次活动的诗人人数众多，而且绝大部分都是初次见面，没法一一赘述。但每一个人都在我内心深处留下了深刻的印象，譬如说，贾荣香教授的矜持，陈剑华兄的沉稳，王芳闻大姐的古道热肠，阿诺阿布兄的特立独行，冷先桥兄的冷幽默，之道兄的敬业，李自国兄的活跃，青红醉君的激情，倮倮老弟的英俊潇洒，阿B妹子的青春靓丽，等等。还有，雁西兄给我的感觉是他在寻求改变自己，他自然流露出来对他人发自内心的关心，使他变得比以前更令人容易靠近和接受。

"生若夏花般绚烂，死若秋叶般静美。"

——题记

酒香不怕巷子深。这句中国谚语
已在中国失传。诗人泰戈尔
蜗居在逼仄的小巷深处，造访的人络绎不绝

你儿时回家的路，喧哗，拥挤，破旧
为啥不把附近的民宅强拆，换上气派的门面
诗人泰戈尔，拒绝了一群中国诗人的膜拜

怀着惆怅和遗憾，诗人泰戈尔
诗人们大肆购买你的书籍和塑像，在新德里
国家文学院你的雕像前，疯狂拍照留念

身着朴素的裹裙，诗人泰戈尔

访问过穿灰色长马褂的中国,那时的两个邻居
都曾内忧外患,你仰天长啸,以笔当剑

多年以后,当穿着花花绿绿的中国诗人
拜倒在你的雕像前,诗人泰戈尔
你穿过的裹裙和柔美的纱丽,还穿在印度身上

诗人泰戈尔,我们的祖先已不认得
自己发明的服饰和文字,他们曾经安居的家
也被拆得七七八八,他们真没一点办法

诗人泰戈尔,泰姬陵那滴蓝色的眼泪
淡淡的忧伤还在,恒河的步伐依然不紧不慢
迎面双手合十的人,读不出我熟悉的焦虑和不安
　　　　　　　　　　　　　　——《致泰戈尔》

　　十天时间,在人生漫长的征途中,只是弹指一挥间,不可能彻底改变人的一生。很多人就像大河里的流水,走着走着就变得陌生而冰凉,真正能热热乎乎一直走下去的确实少之又少。但是,每一次走出去,我都能感觉到自己的渺小和卑微,明白"山外有山,楼外楼"的道理,从而把自己的肩膀和心灵的负重又大胆而干净利落地割舍一些,使自己越往前走,目光越清澈,神情越淡定,笑容越自信,步子越轻盈,直到最后变

成一小捧卑微的灰尘，重新回归大自然。

印度人死后统统用火烧掉，直接把骨灰撒于江山田间，不垒坟不竖碑不烧纸。就是印度国父甘地去世都是交给一把大火，甘地陵就坐落于焚烧他肉体的河边。人一生从大自然中取用无数，最后又倾其全部回馈大自然。这种生命循环将使生命变得更加坚韧和强大。

访印之旅，因诗而起，因诗而行，因诗而歌，因诗而友，又因诗而暂别，处处都弥漫着诗歌的芬芳，历久弥新。

2019年10月13日至15日于深圳

本　色

　　不管任何时候，有生命力的诗歌都不是无根的浮萍，漂浮在表面，而是像一粒饱满的种子。生命的本色就是要穿透厚重的泥土，挣脱束缚，像春天里一株株破土而出的庄稼，在阳光下自由自在地呼吸新鲜空气，展露出蓬勃活力。

　　我的第一份工作是在某劳动管理部门抄写文书，参与处理过不少劳资纠纷和工伤事故案件，后来又参与筹建《深圳劳动时报》并做过一段时日的社会记者，对工厂里的打工仔打工妹的工作和生存状态较为熟悉。工业区、围墙、铁丝网、厂房、工人、工牌、流水线、工伤、欠薪、克扣工资、老板跑路、无助、眼泪、彷徨……一幕幕场景常常不由自主地在脑海浮现，令我难以释怀。尽管，后来离开了这个行业，但这段工作经历一直深深地影响着我的人生观和价值观。多年以后，当我自己可以左右别人的前途和命运的时候，不管工作压力多大，困难如山（当时流行着一句顺口溜，叫"把女人当男人用，把男人当牲口用"），即便是自己吃点亏受些累，与人为善，体恤基层员工的艰辛和困苦，是我自始至终坚持的底线，任何人任何事任何时候，我从来没有动过突破的念头。

我想，这应该就是我做人的本色。

大约是2017年10月的某一天，我在参加深圳作协的一次文学活动中，第一次见到女诗人郑小琼。在见到她之前，我对她已有所耳闻，得知她原来是在东莞某工厂打工的一个苦累兮兮的打工妹，从成千上万社会最底层的打工大军中杀出一条血路，通过写诗彻底改变了自己的命运，成为万里挑一的幸运儿。尽管，当时我并没有读过她的诗歌作品，就凭这点，我就打心眼里钦佩她。见到她本真以后，我为自己的钦佩找到了更有说服力的依据！

此时，她已经在诗坛声名鹊起，并贵为《作品》杂志社副社长，俨然已是要风有风、要雨得雨的时代宠儿。可她的衣着打扮在我看来，并没有发生"脱胎换骨"的质的变化，她仍然像一个不折不扣的打工妹，是埋在我心底的那个难以抹去的打工妹印象。我不知道她留的叫什么发型（电影中民国时期的女学生就留这种发型），也不认识她背的那个普通手提袋是什么品牌，一件并不鲜活的连衣裙，脖子上不见金银闪烁，细腕上没有碧玉映照，嘴唇和指甲也未见异样色彩，素面朝天，不苟言笑，沉默寡言。

我们紧邻而坐，吃完一顿饭的工夫，尽听别人在嬉笑言开，高谈阔论，把酒言欢。

我没有说一句话，她也没有说一句话。我是不喜欢在陌生人面前口若悬河，滔滔不绝，唾沫飞溅。她竟然还保持着打工妹一般的腼腆和羞涩。

我想，这也许就是她做人的本色。

> 她从身体抽出一片空旷的荒野
> 埋葬掉疾病与坏脾气，种下明亮的词
> 坚定，从容，信仰，在身体安置
> 一台大功率的机器，它在时光中钻孔
> 蛀蚀着她的青春与激情，啊，它制造了
> 她虚假的肥胖的生活，这些来自
> 沉陷的悲伤或悒郁，让她浸满了
> 虚构的痛苦，别人在想象着她的生活
> 衣衫褴褛，像一个从古老时代
> 走来的悲剧，其实她日子平淡而艰辛
> 每一粒里面都饱含着一颗沉默的灵魂
> 她在汉语这台机器上写诗，这陈旧
> 却虚拟的载体。她把自己安置
> 在流水线的某个工位，用工号替代
> 姓名与性别，在一台机床刨磨切削
> 内心充满了爱与埋怨，有人却想

> 从这些小脾气里寻找时代的深度
> 她却躲在瘦小的身体里，用尽一切
> 来热爱自己，这些山川，河流与时代
> 这些战争，资本，风物，对于她
> 还不如一场爱情，她要习惯
> 每天十二小时的工作，卡钟与疲倦
> 在运转的机器裁剪出单瘦的生活
> 用汉语记录她臃肿的内心与愤怒
> 更多时候，她站在某个五金厂的窗口
> 背对着辽阔的祖国，昏暗而浑浊的路灯
> 用一台机器收藏了她内心的孤独
>
> ——郑小琼《剧》

从她的简介里看到，她获过《人民文学》等不少主流大刊物的诗歌奖。由于我有二十多年时间不在诗歌现场，脑袋里未曾储存过她苦练、冲刺、起飞和翱翔诗坛的姿影，动笔写这些文字时也是笔随心动，信马由缰，从不采访当事人去深挖缘由。故，我不知道她获奖的是什么作品。但她写《她们》《经过》《出租屋》《三十七岁的女工》《机器》《铁打》《炉火》《黄麻岭》，等等，一下子就抓住了我的眼球，仿佛时空穿越，瞬间把我带回到二十多年前那一幕幕熟悉的场景，令我嘘唏不已。

郑小琼已经从丑小鸭蜕变成了"鹅"立鹅群的白天鹅，飞越在以往的工友们无法企及的高度，她的前面俨然已是和风吹拂，阳光灿烂，晴空万里，而她心里想的装的，笔下写的记的人和事，都与过去难以割舍，她没有像一些来自农村，有过打工经历，或者曾有过下岗遭遇的某些"著名"作家诗人，要刻意"忘记"过去，抑或对过去讳莫如深，不断地用服饰和言行跟从前的自己做深度切割，甚至刻意篡改，美化过去，生怕以前的"不堪"伤着现在的"光辉形象"，让眼下的自己跟过去的自己保持着绝对的"安全"距离。正所谓英雄莫问出处，除非是夜路走多了心里发虚，磨齿壮胆。

不忘前事，铭记过往，心系底层的同胞兄弟姐妹，牵挂和关注他们，始终与他们手牵手，心连心，为他们呼吁、代言、维权、请命，为他们著书立传。虽已脱离最底层，但心灵上却始终与他们紧紧依偎在一起。在微信朋友圈，我常常见到郑小琼发出这样的呼吁："请不要丢失了对社会底层的感知能力，也不要丢失了对社会底层的共情能力。"

我认为，这就是本分、纯朴、善良、聪慧、睿智、莲花般清新的郑小琼作为诗人的本色。

…………
> 这些来自农村，落不上城市户口的工牌
> 吃饭一刻钟，上厕所 180 秒
> 上班说话罚款，下班累得说不出话
> 荒芜的青春像家乡的自留地，杂草丛生
> 他们的结局，绝大部分是从哪里来回哪里去

有些浪迹天涯，有些铤而走险
有些去了"天上人间"，有些去了人间天堂……

郑小琼，从东莞车间去了广州，她的工牌
写在脸上，穿在身上，埋在心上，她坐着，站着
言语都透着工牌的质地，工牌在她的文字里
颤抖，徘徊，哭泣，呐喊，怀孕，吟唱
像家乡脸朝黄土背朝天的父辈，把生活的咸碱地
变成清香弥漫的玫瑰庄园
　　　　　　　——李立《郑小琼去了广州》

我曾经努力地想给她写一首诗，写着写着，言不由衷地就变成写给那个时代了，像这首《郑小琼去了广州》。其实，郑小琼就是一个时代的缩影，一个时代弄潮儿的传奇，用她的老乡、改革开放总设计师邓小平的话说："不管白猫黑猫，抓到老鼠就是好猫。"对这些坚持本色的"好猫"，我对他们发自肺腑地钦佩，不用任何修饰，是由衷的。

太阳在前

"少小离家老大回,乡音无改鬓毛衰。儿童相见不相识,笑问客从何处来。"长路漫漫,岁月磨砺,人世沧桑。唐朝诗人贺知章这首传世佳作的弦外之音有如空谷传响,哀婉备至,久久不绝。

我们一家三代久客异乡,偶尔回到邵阳老家探亲访友,都是来去匆匆。江山依旧,物是人非,睹物思情,忐忑不安。

> 大角卜村的每一棵野草
> 都是我的一位亲人,我和它们的
> 血管里流着同样的血液
> 不然,它们怎么会早早在村口列队
> 迎候远道而来的我们?

它们在山风的统一指挥下
忽左忽右地摇头晃脑
我仿佛听到它们在说：热烈欢迎
却又吐不出声音，我猜
它们跟我们一样，激动得哽咽了

它们应该是跟我儿子一般的年龄
儿子走到它们当中，又搂又抱
虽然彼此从未谋面，但血浓于水
他仿佛见到远方的亲人般亲切、兴奋

而离家 40 载的母亲，乡音不改
噙着泪，一一喊出它们的名字：
仙蒿，绕子，蛇泡，水鸭婆，半边莲
狗毛，猪蛋，牛坨坨，马尾巴，立伢子……

那声调，仿佛全都是在喊我的乳名

——《亲人》

邵阳市古称昭陵郡、昭阳县等，公元 280 年，那个"司马昭之心，路人皆知"的儿子司马炎称帝后，为避父之讳，改昭为邵，邵阳之名由此而始。公元 1222 年，宋朝的第五任皇帝赵昀被封为邵州防御使，虽只是官衔，也不驻此州，但 1224 年当上皇帝后,他没有忘记邵州,在第二年改邵州为宝庆府,跟自己的年号一样。宝庆府自古便是湖湘重镇,民风彪悍,人才辈出,被誉为"宝古佬"。这个称谓意指居住在宝庆地区这块红土地上的人,引申意义为倔强、好斗、精明的人。"铁骨铮铮,刚烈如火;勇于认识,敢为人先;机敏聪慧,胸怀天下。"是为"宝古佬"精神,前后涌现出如魏源、蔡锷、贺绿汀、廖耀湘、傅胜龙等众多历史名人。

邵阳县五丰铺镇大角卜村就是我的故乡。父亲18岁时便离开了家乡,去到湘粤交界处的广东省梅田矿务局工作,后来,我们也举家迁到大山深处的矿山。自从80年代末我到深圳工作后,兄弟姐妹一个一个陆续调来,父母亲退休后也南下来到离家乡越来越远的南海边,跟我们生活在同一片天空下。从深圳到湖南邵阳有七百多公里路程,自从1997年祖母仙逝后,随着父母年事已高,行动不便,我们一家便很少回去。其间,三姑、四姑、二姑、满姑、大姑、大舅、二舅及其他们的一些配偶相继离去,我们都一碗水端平,只是在经济上给予力所能及的帮助,没有回去送他们最后一程。

今年八月,事隔多年后我们再次重返故地,主要目的一是给耄耋之年的父母亲补办一张他们的结婚证,这对他们的钻石婚纪念尤其重要。二是看望命悬一线的小舅。这个瘦骨嶙峋的小尺寸"药罐子",几十年来一直离不开三样东西——药、烟和咳嗽,几次传来"病危"的十万加急,最后都奇迹般地转危为安。每当危机暂时解除,他念兹在兹的不是邵阳独有的特产猪血丸子和烟熏腊肉，而是吞云吐雾的香烟。

他是母亲唯一一位存世的兄弟了，母亲自然待他格外的牵肠挂肚。

> 一个枯瘦如柴的老者，多次传出
> 命不久矣的危言，说他的肠癌
> 已俨然左右了他的世界。他的18岁孙女
> 如花似玉，准备嫁入一个恶人世家
>
> ——《邵阳一日》

对于小舅的大孙女的姻缘，大舅的儿子蒋咏梅老表极力反对。那家人自恃冥顽不化，根正苗红，人多势众，曾经在荒诞年代作恶多端，干尽伤天害理之事，迄今不思悔改，假若历史重演，他们还会丧尽天良。老表想拆散这段"孽缘"，但却无能为力，他想请母亲出面游说。母亲应允下来，但她对自己的话的作用，也表示严重的质疑。

"耐得烦，吃得苦，霸得蛮，舍得死"的湘湖精神曾经在蒋咏梅身上体现得淋漓尽致，他凭一己之力走出邵阳县的农村，在邵阳市开天辟地地拓展出一片辽阔的天空，现如今夫妻双方的工作单位都称心如意，不说吃香喝辣，倒也养尊处优，生活上无忧无虑。他曾不无自豪地跟我说："走遍了全中国，还是觉得邵阳最好。"他知道我去过六大洲，见过世面，非井底之蛙。但我不能说他坐井观天，以蠡测海。子不嫌母丑，狗不

嫌家贫。这是中国人的美德。但他的话，被他初生牛犊不怕虎的独子，以实际行动给予了否定，研究生毕业后选择了充满活力、朝气、机遇和挑战的深圳，而不是相对安逸舒适、四平八稳的邵阳。

"有人辞官归故里，有人星夜赶科场。"人各有志，何求同归，好男儿志在四方，"宝古佬"精神需要传承和发扬光大。

> 母亲说，祖先去广东连州贩盐
> 要不不动步，动步五丰铺
> 要不不起肩，一肩挑到冷水滩
>
> 祖先一肩挑起的艰辛，我已无法想象
> 年少离家的父亲，保持着沉默寡言
> 诗人张雪珊、刘振华、陈芙蓉设下的湘菜宴
> 这些柴火的味道，让我羞愧得满头大汗
>
> ——《邵阳在后》

母亲说，我祖上几代人脚穿草鞋步行到广东连州贩盐，一次往返得两个多月，风餐露宿，风雨无阻，挑回良田若干，福泽子孙衣食无忧。家父少小离家，在远离人烟的地下八百米深处的掌子面，开采生活和光明，挣得粮票布票煤票肉票肥皂票，等等，让我们兄弟姐妹的童年没有受冻挨饿。我笨拙的双腿迈得更远，在缪斯女神的助力之下，一步踏进了南海边的深

圳经济特区，一晃就埋头苦干了三十多年。

这次回家时间匆忙，只在邵阳待两天。一天在邵阳县，一天在邵阳市。"资水边，诗人邓叶艳，张华博准备的/柴火豆腐，让我尝到了久违的山水味道/37℃高温下爆炒辣椒，不生火气/这方水土，我仿佛还能找到落脚的地方"。女诗人邓叶艳从微信朋友圈得知我回邵阳县城办事，坚持要请我吃中午饭，并把诗人张华博从几十公里外的乡政府驻地叫了过来。当我见到她时，她的手腕上还插着输液的针头，因为要连续输液，护士便把针头留在她的手腕上，这样就不会因为反复刺破血管而受到额外的伤害。这个泼辣的湖南妹子让我好生惭愧，我哪值得她如此礼遇？吃到一半时，我悄悄地溜出包箱，想偷偷把单买了，她竟然神不知鬼不觉地尾随而出，让我的"阴谋"没能得逞，这份浓浓情谊我只能先挂账了。

晚上安排在邵阳市的那顿饭，倒是我提前恳请在双清区委高就的张雪珊兄张罗的。我主要是想，自己难得回一趟邵阳，想请他邀约几个活跃在当今邵阳文坛的诗人们，聊聊诗歌，混个脸熟，没想到他人品人缘俱佳，一呼百应，只准备了一桌菜，结果来了两桌客人。人一多，加上全都是陌生面孔，互不了解，大家压根儿就没谈诗歌，只顾着喝酒吃菜侃大山了，那顿饭我没有收获一位新朋友。

《邵阳日报》文艺部刘振华主任是我点名邀请的，我与他是微信好友，他为人处事沉稳干练，老成持重，我原本以为他是我的同龄人，见面后才恍然大悟，他竟然是一位"90后"，真可谓后生可畏。这次聚会说好我做东的，最后变成雪珊兄来买单，此事，我心里一直深感愧疚难安，汗颜无地。

我是在重拾诗笔不久与诗人张雪珊成为微信好友的，但从未谋面，他建立起"大邵阳诗人群"也把我拉了进去，这是我们初次谋面。雪珊兄年轻有为，事业有成，他利用自己主管的《双清》报和"双清发布"微信公众号，大力推荐和扶持邵阳籍诗人，为邵阳的文学事业和诗人的成长壮大做了不少好事实事，曾经也隆重发表和推荐过拙作，那是我第一次在家乡的报刊上抛头露面。在邵阳的作家诗人群中，我应该是一张彻头彻尾的陌生面孔，彼此间互不相识，没有交集，更缺乏交往。

我真正认识和了解的诗人只有邵阳市作协副主席邓杰兄，也是他把缪斯女神介绍给我认识，并让我爱她爱得一塌糊涂的。邓杰兄可以说是诗歌的忠实信徒，为了诗歌北漂过京都，也南征过岭南，因为诗歌得到过爱，也失去过爱，最后，也是诗歌，让他掉进了爱情的蜜罐子里，至今，我还常常在朋友圈里羡慕嫉妒他"嘚瑟"他的漂亮夫人和儿女们。

邓杰兄和我一样，曾经长时间远离诗坛，全心全意发展自己安身立命的事业，衣食无忧后又杀了一记漂亮的回马枪，其间，我们失联了将近二十年。当我回归诗歌后，便疯狂地搜寻他，并在"大邵阳诗人群"里张贴"寻人启事"，邵阳籍诗人周伟文兄得知原委后，才把他的微信推荐给我，我们终于重新接上了头。

伟文兄也是新认识的诗友，他曾经在"湖南省诗歌学会"

群对"李立的横空出世"(周伟文语)公开发出过自己的感慨:"夕阳无限好,只是近黄昏。"我不知他为何发出如此凄惋之声,我并没有打算要在诗坛建立旷世功业,眼下区区进步也不足挂齿,故说不上"无限好",年龄正值中壮年,来日方长,更无"近黄昏"一忧。据说他写了数百首缅怀"父母之恩,犹天地也"的诗歌,并结集正式出版,"十月胎恩重,三生报答轻",号称"诗坛最大的孝子"。我没有读过他的这些诗歌,我猜必定是情真意切、感人肺腑、催人泪下。我估摸着,他父亲在世时必定是衣食无忧、幸福美满,临走时没有带走过什么遗憾。(本文定稿后,我收到了伟文兄从长沙寄来的大著《另一个世界的父亲也有春天》,我亟不可待地翻开这部以父亲为怀念对象的新诗专集,读着那些咯血之作,让我一时喘不过气来,禁不住泪水夺眶而出……)

我曾经不止一次地禀告父母亲,请他们务必保养好身体,力争多活些年岁,要活出自己的精彩。

吾父,七十岁以后,你只为自己而活就是
你一生披风戴雨,晚年戒掉烟酒是你的又一壮举
让我们由衷地佩服你,正确的事
你总是不会让我们失望,那次住院,吓坏了我们

吾父,彩票不要再买了,那事一点儿都不靠谱
电视看就看了,绝不能当真

> 你就多下楼散步上公园遛弯,记住要牵紧母亲的手
>
> 在今后的日子里,你们谁也不能走丢
>
> ——《与父书》

在生时我可以保证父母亲双亲老有所依,吃穿不愁,绝对不会居无定所,但百年之后,别指望我常常去看望他们,假如我常常行文缅怀他们,那一定是我感到愧疚和苦恼,欲自我寻求慰藉和解脱。百年之后,他们已成为一捧不知冷暖、不会疼、不怕饿、捂不热的尘土,千呼万唤无济于事。所以,尽孝要趁早,要在他们有生之年,不管有没有钱,都要常去看看他们,多陪他们说说话,唠唠嗑,不然,"子欲养而亲不待",悔之晚矣。

从邵阳返回深圳不久,就传来伯母从楼梯上摔倒而离世的噩耗,母亲为此多次嗔怒于伯父,说他把钱看得太重,惧怕人财两空,没有全力抢救曾经同甘共苦、相濡以沫的老伴。母亲说着说着,声音便哽咽说不出话来,眼眶里已是泪光闪烁。

对于见过大风大浪,一生大起大落,生性乐观大度的伯父的决定,我是完全理解的。"一个一瘸一拐,胸前佩戴勋章的耄耋长者/仄逼的空间挂着一些过时的图片,功过已过/英武豪迈付水东流。"他的目光虽已浑浊,但心里跟明镜似的。他何尝不想知冷知热的老伴伴随左右?哪个古稀之年的男人愿意舍弃那口对胃的热饭?

我曾经跟妻子说过，假如哪一天我得了不治之症，或者因突发事件而生命垂危，并已丧失了语言能力，请千万不要徒劳抢救。没有生活质量的苟延残喘，还不如痛痛快快地一了百了，免得自己受罪，家人痛苦，劳民伤财。在此，我立此白纸黑字为据，乃为遗嘱，望吾妻吾儿务必遵从。

我在深圳生活了三十余年，据说在深圳闯世界的"宝古佬"也不少，但我几乎很少跟他们走得近。记得在我离开诗歌的那些年，宝安诗社的老友吕静峰曾跟我提起过一个叫李晃的诗人，是邵阳人，主编过《湖南青年诗选》和《深圳青年诗选》，那时我对诗歌和诗人皆不感冒，躲都来不及，故，全当了耳边风。回归诗歌现场后，著名诗人、诗歌活动家徐敬亚老先生大鸣大放地在微信朋友圈里说："深圳欠李晃一个说法。"我就在想，李晃是个什么东西？深圳怎么就欠他一个说法了？

在见到李晃本尊前，我在"邵阳发布"微信公众号上读过李晃的一组诗歌，我当初觉得这哥们写诗还没"入门"，当然，后面我也读过李晃很多优秀作品，但我总体认为，他的古体诗比现代诗写得有劲道。第一次见到这个高大魁梧的汉子，是在"浏阳河西岸诗群"参加光明区主办的一次采风活动上，他从龙岗区搭巴士山长水远地来到光明区，跟大家打了一个照面就走了，连饭也没吃一口，他自己说是来"看看起伦兄"，见过面就悄无声息地走了。诗坛常青藤刘起伦兄说他"腼腆，重情义"。

重情义，当然是"宝古佬"的优良传统。

后来，随着对他的了解不断加深，我觉得这个高个子本家乡亲确实是个腼腆的人，虽然待人热情洋溢，但从不主动去搭理或巴结谁，别人可以利用微信公众号，或者三寸不烂之舌在诗坛左右逢源，混得风生水起，名利双收，他以前编选本，后来编自筹经费的民刊和稿酬不薄的街道办内物，却至今没有在深圳站稳脚跟，也没有在诗坛叱咤风云，沽名钓誉，吃香喝辣，我都常常为他鸣不平。我还在自己心里假设，如果当年他来找我，凭他当时的影响力和深圳求贤若渴的窘境，糊弄一个招工指标应该不是什么难题。想着想着，我就仿佛觉得是自己欠他一个说法，而不是深圳。后来，我倒认为，谁也没有欠他一个说法，是他自己欠自己一个说法。

去年除夕的前几日，他在朋友圈里晒出一组照片，淡泊寡欲的李晃肩挑一担百十斤的大米，脚底生风地走在家乡的乡间小路上，悠然自得，洒脱惬意。我豁然开朗，适合自己的生活方式，才是真正的幸福。最近，他致力于宝庆历史人物资料的收集整理，这是一件功在千秋的事情，值得竭尽全力，这可能比他平庸地穿行于深圳的大街小巷更具意义。

深圳是一个年轻的移民城市，充满着机遇和挑战。

她抛弃过的人数不胜数，她宠爱的人千千万万，她赐予无数人锦衣玉食，她也让许多人过得灰头土脸，吃了上顿愁下顿，她能让人数年间腰缠万贯，也能令人瞬间一贫如洗……但只要你努力，你就不会饿肚子，只要你不放弃自己，深圳就不会放弃你。

最令自己心虚的是，家乡已成客栈
　　当汽车开到广东连州，我已经疲惫不堪
　　一杯卡布奇诺，让我重新摆正了方向——
　　邵阳在后，太阳在前

　　背井离乡外出闯天下的人，无不"狠狠心"，把家乡和亲人甩在身后，义无反顾地迎着朝阳上路，毅然决然地走向远方。前面，或许是朝霞满天，或许是愁云密布，或许是雷电交加，或许是沧海茫茫……但人活一口气，不论成功，还是失败，都得走这么一遭，只要目视前方，昂首挺胸，光明磊落，把步子迈开了，就无愧于自己，这个世界与其人，就互不相欠了。

2019 年 11 月 29 日

最高海拔的善良

记得有位诗人说过,写诗之人必须要有三五知己,包括一二"损友",此话不假。

"士有诤友,则身不离于令名;父有诤子,则身不陷于不义。"家家户户都有菜刀,如果常年束之高阁就会生锈变钝,经常切菜削筋砍骨,因为频频摩擦,亦会卷刃锋利无存,这时候就需要一块磨刀石,去反复打磨刀刃,让它重新变得锃亮,变得锋芒毕露。

诗人要是有一块上好的"磨刀石",那便是诗人之福。诚如古人所言:"砥砺岂必多,一璧胜万珉。"意思是说,交朋友不在多,贵在交诤友。如果人们能结识几个诤友,那么前进的道路上,就会少走弯路,多出成果,事业发达。然而,在各种各样的朋友中,最易结交的是酒肉朋友,最难结交的非诤友莫属。

常言道，文人相轻，自古而然。作为诗人来说，如果能拥有几位推心置腹、打开天窗说亮话的诤友，帮你点明诗路上的坎坷障碍，让你对自己所处的位置一目了然，以便少走弯路和泞淖，真可谓三生有幸。

2019年年初，我突萌奢望，意欲丰富自己的诗风做一些尝试，而为了验证"尝试"的得失，参加诗歌比赛应该是个比较理想的检验契机，这个时候就特别需要直言不讳的朋友敲打我，甚至是泼些冷水，让我时刻保持一颗冷静的头脑，少点诗人们常有的轻浮、自大和骄狂。

丽江是座青春之城、魔幻之城、偶遇之城、爱情之城，这个名声节节攀升的高原小城，我前前后后去过三回。虽然，每次除了领略她的幽静、典雅、流水、小桥、石板路、古色古香的琼楼玉宇、碧瓦朱甍之外，我没有偶遇过可以地老天荒的那一抹艳丽惊喜。那时，我已远离文学经年，也没来得及与缪斯女神撞个满怀。所以，我决定从丽江下手，写我逐渐陌生的爱情诗。

> 桥面上被千万人踩踏过的五花石板，就像是
> 千万人的爱，留下过数不清的岁月的划痕
> 亲爱的，我们能否承受住彼此之间那么多的无心的伤害？
>
> 曾经美轮美奂的飞檐翘角，已褪去昔日艳丽的色彩

仿佛激情澎湃的山盟海誓，已失去感人肺腑的
热度
　　亲爱的，容颜易老，你在我怀里的感觉，我依旧像
是触电

　　今天不是七月初七，这里也不是鹊桥
　　亲爱的，我们相约手牵手走过百年锁翠桥，我
知道
　　你是想告诉我，只要相依相拥，就是木头，也能
抵御
　　百年风雨

——《锁翠桥》

　　这组诗写好后，我分别发给著名诗人刘起伦、远人和大枪等兄讨教，他们无不"眼前一亮"。谦逊儒雅的起伦兄和纯粹多才的远人兄一般只负责说"好"，他们都是"好"的搬运工。远人兄常常还会额外"施舍"储备丰富的四个字："特别开阔"，他们很是顾及我的这张坑坑洼洼的老脸。看完《千万人的爱》之后，他们皆是毫不吝啬地赐予我许多溢美之词。我与起伦兄和远人兄的私交时间虽不长，却倾盖如故，情真意切，相见恨晚，他们爱屋及乌也毫不稀奇。他们的尊姓大名经常在我的滔滔思绪及笔墨里出没，甚至是迷路，故，此处省略一万字。
　　这里要说道说道大枪兄。大枪，江西修水人氏，我诗歌的

上好磨刀石，经过他的雕琢打磨，我的诗歌在飞进读者心窝子时，矛头会变得更加锋利。每次向他讨教，他都要找个没人的地方躲起来，把拙诗读三遍，逐行逐字地琢磨淬炼出自己的独到见解，哪怕是一个不合时宜的标点符号都逃不过他犀利的慧眼。尔后，他就会打来微信电话，我们在电话里兄弟长、妯娌短的一阵海阔天空，有时还会入乡随俗相互恭维奉承一番，说心心相印、惺惺相惜也好，说臭味相投，抑或情投意合也罢，两个大老爷们嘻嘻哈哈，叽叽歪歪，时间在不知不觉中就会溜走许多。

但凡向他讨教，每一次的流程如出一辙，都是我喜闻乐见的这个样子。

有人说，大枪是"在写现代诗的人中把古体诗写得最好的人，在写古体诗的人把现代诗写得最好的人"，而且，诗评也写得力透纸背、斐然成章。实话实说，我不羡慕他才高八斗、殚见洽闻、一表人才和风流倜傥，不妒忌他常常穿一条异常扎眼、就是打死我也不敢贸然穿上身的粉红色裤子，一副要牢牢揪住青春的尾巴誓不放手的模样，也不眼红他那矗立在绮丽田园风光中，鹤立鸡群，常常高朋满座的霸气小洋楼。我尤其喜欢他的那个贤惠、高挑、漂亮的妻子，那双聪明伶俐、活泼可爱的儿女，和那位善良、勤劳、健康、菩萨一样慈祥的老母亲（谁不喜欢一个如此美满幸福的后方？那他就不是一个正常的男人）。我想，什么时候我也能抓住契机挤进高朋中去，大快朵颐咱大娘亲手烹饪，瞅着都让人口水直流的满八仙桌的腊味山珍？必是不亦乐乎。

　　置身如此诗意生活当中，大枪兄要是还写不好诗歌，他是真没有对不起吃瓜读者，他得扪心自问对得起慈母娇妻双全儿女吗？这可能就是大枪兄诗歌创作的源泉，且永不枯竭。

　　有了起伦、远人、大枪诸兄给我壮胆，我干净利索地把《千万人的爱》投了出去。接着，趁热打铁创作观音山的诗歌。曾经，诗歌改变了我的人生轨迹和命运，让我走出了崇山峻岭中的小煤城，一步跳到改革开放的热土深圳，我对诗歌始终满怀敬畏，每次诗歌创作，我都秉承尊严若神，矜持不苟，只恨提笔之前不能沐手焚香，岂可嘻嘻哈哈？

　　　　南国的天博大、无垠，把浮云
　　　　和清明的人间，无一遗漏地纳进蔚蓝的怀抱

　　　　50多棵古树，分别沐浴过黄帝时代
　　　　及明清的日月风雨，现在
　　　　古树博物馆焕发出新的生机，它们身上的纹路
　　　　承载着生命奋发图强、生生不息的脉络
　　　　与我们手上蜿蜒起伏的指纹
　　　　一脉相承

　　　　当我们双手合十紧贴胸口，仿佛能聆听到
　　　　来自远古的梵音，启迪心智。空中

云轻似絮，能载狂风骤雨。人间
石硬如铁，常怀有一颗菩萨心肠。观音山
无形之水，呈万千之态，方圆相济
山水相融，万物生长，苍苍莽莽
娃娃鱼，穿山甲，猫头鹰，鹩哥，画眉，
鹧鸪……
这些被大自然宠爱有加的精灵，为一方水土
衔来盎然绿意和天地瑞祥

掬一捧清澈的山泉，洗一把尘世的脸
深吸一口新鲜空气，许一个美好的心愿
珠江的波澜，在远处泛起金光
仿佛上天的咒语，祈祷山川田野五谷丰登
观音肚，笔架山，伯公坪，大尖峰，小尖峰
仿佛披着绿色袈裟的佛陀，青葱，茂盛，生机勃勃

南海的风，轻轻吹拂，林涛阵阵，飞瀑潺潺
宛若得道高僧虔诚地诵读经文，铿锵，激越，悠扬
飞越山涧，林海，蓝天，心灵，观音广场上
33米高的观音菩萨圣像前，祈福的香烟
得到耀佛岭最高海拔的加持，朝向
双手合十的方向
——《观音山，拥有耀佛岭最高海拔的加持》

这首诗歌获得"观音山"诗歌征文比赛三等奖，我认为是《人民文学》的初审编辑和后面举重若轻的终评老师们慧眼识珠。论其品相，它有给我更大惊喜的潜质。我曾寄予厚望的《千万人的爱》投出去后便石沉大海，连初审都没有通过，让我略显黯然神伤。后来，一个报社的编辑朋友私下里悄悄地告诉我，他的一个老相好的写了一组爱情诗投将过去，待遇跟我毫无二致，但此君心不甘情不愿，斗胆想验证一下自个儿的运气，便转场参加南方一个更具影响力的沙滩爱情诗歌大赛，结果令人大跌眼镜，竟然意外地喜中状元。听完他的这个故事，我豁然开朗，也释然了。

某日，我毫无征兆地收到盖有《诗刊》社和《光明网》鲜红印章的大红荣誉证书，拙作《在宁夏黄沙古渡》在另一场诗歌比赛中杀出重围，获得了优秀奖。这首诗是我一年前写的，目标也是通过初审。三次试水能取得如此不俗表现，实在是鸿运高照。

后来，我把《千万人的爱》在自己的个人公号推出，许多朋友纷纷转发，其中，有好几个朋友在转发时还附上自己旗帜鲜明的精辟点评。

譬如说著名作家、诗人、文学评论家远人兄："爱情诗总给人属于青年诗人的感觉。读李立兄这组诗，有点意外，年到中年的诗人，很难再有激烈的爱情。但李立兄这组诗让我们看到，他笔下的爱情诗诠释了极为深广和深沉的情感，就像他写的'你是想告诉我，只要相依相拥，就是木头，也能抵御／百年风雨',这是令人震动的诗句,还有'我固执地爱,哪怕被所有人,踩在脚下'等等,无不感觉人到中年之后,情感洗尽铅华,别有一番沉稳和沉静的厚重。"

> 我的坚贞,经受过火把节的火,无数次的考验
> 我的专注,任凭风雨一再侵蚀,始终不为所动
>
> 我的生命,因四方街而铮亮
> 她的楼阁,古桥,长街,清流,蓝天,是我坚守的
>
> 誓词。我的执着辽阔,无际,星星可以作证
> 爱她的沉默,是我一生一世的幸福。我的守望
>
> 哪怕遥遥无期,哪怕被时光漠视,被岁月遗忘
> 我固执地爱,哪怕被所有的人,踩在脚下
>
> ——《红色角砾岩》

有位不明就里的著名诗人在远人兄的朋友圈留言:"这组诗必定能获大奖。"我曾经说过,这次重返诗坛不为"争名夺利",诗坛的这些虚名和嗟来之食对我来说缺乏现实诱惑力,能让更多人读到拙诗,能有几个朋友爱不忍释,我已是欣喜万分,这才是诗歌赐予我的无与伦比的奖赏。

我并不信佛,佛即是空,我跟某些肥头大耳的方丈一样,

还有七情六欲、喜怒哀乐和满腹心计，远没有到能看空世间万物的境界，我只是一个嗟食人间烟火，且永不可得道的凡夫俗子。佛讲究以善为本，施善为念。我坚信，我性本善，善良是我的信仰。

善良，也理应成为诗歌的最高海拔。

2019 年 11 月 16 日至 20 日

烹诗的煮男，及猫狗

人总得先吃饱饭，然后才有力气做好文学、哲学、科学和政治，等等。人间烟火兴旺，社会才能不断繁荣进步。

"上得了厅堂，下得了厨房。"厨房自古以来就交给了另外的半边天，下得了厨房的男人应该是凤毛麟角。以前，我也属于等妻子做好饭菜喊我上桌的那大部分男人。

近日，妻子偶感小恙，需回惠州娘家休养一些时日，我就责无旁贷地被推到家务事务的第一线。洗衣、拖地、擦窗、抹桌椅等体力活还可以无师自通，只需多点耐心就能胜任，但煮饭炒菜可是有一定的技术含量，需要积累经验。我刚开始煮饭放水不是多了，就是少了；炒菜不是咸了，就是淡了，拿不准度。有一次，我更是把酱油当料酒放，使菜品咸得无法下口。

中国人的餐桌丰富多彩，动物植物能入菜的品种数不胜数，烹饪方式争奇斗艳，要想把千奇百怪的食材变成一道道美味口福，确实是一门需要不断钻研的学问。美国著名会计学家杰罗尔德说："人类中最有创造性的，当推厨师。"可想而知，想要"下得了厨房"，并不是那么轻而易举的事。总之，这跟我30年前初学写诗一样，常常令我摸不着头脑，东一榔头，西一棒子，东挪西凑，词不达意，不得要领。

第一次去菜市场买菜，在一个鱼档买了两条各有七八两重的红杉鱼和一条一斤多点的桂花鱼，花掉银子172元。妻子知道后，说至少买贵了40元。她说，应该先砍价，再拿去市场准备的公秤复称，然后让档主杀鱼，这样，档主就不敢骗人。难怪，那个女档主称完秤后就急急忙忙、十分麻利地把鱼杀了，去除内脏，前后不到两分钟就搞定了。鱼一旦杀了，就是打死的狗讲不了价，既成事实，没法反悔。看来，菜市场的"水"的确很深，我今天被人"水鱼"了一次。

吃一堑，长一智。我必须长点记性，下次不要再去帮衬那个欺生的海鲜档口。

刚开始，我翻来覆去地只会炒那几个菜，而且，不放调味品，比较清淡，不合儿子口味。他三番五次十分含蓄地说，两个人吃饭叫外卖更方便省钱，我一时没明白他的言外之意，总是言辞凿凿地说，在家做饭食材好，不会是地沟油，干净卫生有保证，等等。直到有一天，他直白地说："明天不要煮我的饭了。"我才醒悟过来，自己离"下得了厨房"的路还十分漫长。

没干过家务事，不知道当妻子之辛苦。平时，我轻松快走两公里路，浑身上下没什么感觉，在家拖一次地，隆冬时节顿时汗流浃背，弯腰洗三五个碗，已觉背疼腰酸。感觉这比写诗难多了。

我家的新成员猫咪小白，刚进家门时，但凡它走过的路，我都要仔仔细细检查一遍，看是不是有它掉下的细毛和踩下的脚印，它蹲过趴过的沙发，我都要及时地用湿布抹擦一遍，生怕被沾上什么细菌。有一次，它嗅到鱼腥味，一时兴奋地跳上了餐桌，被我狠狠地"批评"了，这个"记仇"的小家伙从此便不敢下楼。有一天，它非常想下楼，我坐在这边，它就在那边张望，我坐那边，它就从这边张望，总之，我一定要在它的视线内，却不敢贸然走下楼梯。

经过十来天的和睦相处，我渐渐地接受了这个"小姑娘"。它特别文静，有点"淑女"气质，它的叫唤声娇滴滴的，像极了小女孩撒娇。它的毛色背黑腹白，一分为二，泾渭分明，尤其是鼻梁上的那一小撮黑毛，像一滴滴在宣纸上的墨汁，显得滑稽而可爱，颇具特色。我不在家的时候，有时会在心中冥想，它现在在干啥？回家打开门看到它远远地望着我，心情无比的愉悦。它刚来时，我害怕在野外野惯了的它捣乱，不讲卫生，而在儿子的房门外安装一个1.5米高的不锈钢的闸栏，限定它的活动范围。现在，我们家所有空间全天候向它开放，它喜欢去哪就去哪，自由自在。与它从未谋面的妻子，也从抗拒慢慢变成关爱，常在电话中惦念起它来，看到它萌萌的照片更是欣喜不已。

俨然,它已经正式成为我们家的一员。

当然,在它心目中,儿子才是它的第一守护神,这个地位无人可以撼动。他出门时,它就蹲在楼梯口的沙发上,等他归来。听到儿子的开门声,只见它欢欣雀跃,并发出轻柔的呼唤,仿佛有心灵感应。也只有在儿子移步外出时,它才肯接受我轻轻的抚摸,平时,我很少能享受这个待遇。

> 寂静掏空世界,虚幻占领水泥森林
> 失去自由和伙伴的猫,巡视领地时蹑手蹑脚
>
> 叩击窗棂的天外之音,并非全是晨曦
> 想挣脱牢笼的,不仅仅是一只猫
> ——李立《新年第一声问候》

2020年1月1日,我像往常一样早早起来,坐在沙发上看书。小白蹑手蹑脚地走过来,轻轻地跟我打了一声招呼:"喵——",这是我新年收到的第一声问候。当时,天还未全亮,外面朦朦胧胧,万籁俱寂,它这声柔软的问候,仿佛天籁之音,让我感到特别的温暖。有人说,雪是冬天的灵魂。而它那柔软的问候,无疑便是深圳冬天这个清晨的灵魂了。

"这猫有气场,必会带来旺运。"一次,我把小白憨态可掬的照片发到朋友圈,诗人阿翔的留言如是说。寥寥数字,可见

阿翔对小猫有一番自己独到的解读，是个养猫行家。我见过两次阿翔，一次是在一次诗歌活动中的邂逅，一次是有朋自海南来深聚会的邀约。阿翔喝酒一般是一杯一口，第一次见到他喝酒的豪爽劲，把我给镇住了，但朋友们都说他的酒量与酒品背道而驰。据一个朋友介绍，但凡有朋友造访阿翔家，都是夫人陪客人聊天说事，厨房事务全由阿翔包办。

夫人上班早出晚归，买菜、煮饭、洗碗、拖地、搞卫生等家务事全落在阿翔身上，他是一个十分称职的家庭煮男。他最拿手的是做家乡徽菜，红烧鲫鱼是他的经典菜肴。他常常为了让夫人吃好，每顿饭的菜品都不重复，花样百出，极尽心思。

阿翔有一个不幸的童年和青年，因为4岁时的一剂链霉素导致耳神经中毒，10多年辗转北京、上海、南京多家医院，直到他长到17岁，北京协和医院"确诊"其耳神经无法治愈。因为贫穷、失聪，他有过一次短暂而又失败的婚姻。

夫人原本是湖南一所重点大学的高材生，因为一场网络上的邂逅，让她爱上了这个比她大14岁，离过婚，失聪35年的听障诗人。为了这份家人反对、朋友不理解的爱情，她毅然决然跟随听障诗人漂泊流浪、四海为家，最后在深圳落脚。阿翔对这个敢爱的夫人倍加珍惜和怜爱。

"80后"女大学生自爱上听障诗人的那一天，就在心中许下一个愿望，她想帮他恢复听力，让他通过咿呀学语，张口说话。从相恋到结婚的八年里，通过纠正口型，在手心写字，强迫诗人"开口表达",奇迹真的出现了,原本只会嗷嗷大叫的听障诗人,现在已经能够清楚地表达一些语言了。

　　外子(阿翔)躺在床上,用 iPad 玩泡泡龙的游戏。不知道音乐吸引了小伊(小猫)还是什么,她趴在他的胸口,全神贯注地看着游戏屏幕,小脑袋随着泡泡龙游戏音乐的节奏,左右一晃一晃的,他们是那么和谐和自然,好像父女一般。小伊的眼睛是那么清澈的,碧绿的,她带给我的不是电影中的神秘和恐惧,而是灵动的美丽,让人惊艳!

从阿翔夫人寻在阳的散文《青萍之末》中,我能感知他们的爱情和心灵的结合,还有对小猫的怜爱之情,字里行间饱含满满的幸福感。

在现实生活中,他通过诗歌语言,努力地把锐利的视力、孱弱的听觉和敏感的心灵所感知到的,用自言自语的方式书写到纸上,然后传递给人们。

　　它的死亡多么柔和。没有人
　　能解答我在绝少的真实中还能
　　拥有不可知的深渊,或许怀念远远
　　不够用。而我们生活本身应该有
　　它的呼吸,更多的怪僻至少增加

粘人的典型，所以它不可能
不到场。当我确认时，不过是
把它的圆融当成多于我们的天赋；
同样，它把我们的习惯
当作了对它的一种全面渗透，
凭着语言的跳跃，出发点即中心，
妥妥的，甚至不必负责守时。
从这里，伊古比古这个名字
被我继承过来，几乎就是它的命运，
连同前世手术留下的痕迹，
并不盲目于任何缩影。其实不妨说，
它的暗示多么天生，镇静作用
对我们恰到好处。即便关系微妙，
也能应付拥挤毫无压力，不显于
为诗的空隙做好精通的准备。
只有经历过一次死亡，才能不会
辜负鲜花。有时，也许死亡不是
它的索引，但可能也会扮演
它的化身，不这么看，它怎么会
感受到我的堕落，至于情操，
硬是杠杠的。更有时，我沿着它的
时间返回我们的游戏，远不如它在
我们的时间找到位置，同时

> 绕开了冬天。多数情况下，早晨
> 不意味着现在，它静静葬于
> 一首诗里，以此为骨灰盒，
> 并赋予它另一世界的梦和传奇。
> （给爱猫）
>
> ——阿翔《伊古比古传奇》

这只猫在来到阿翔家之前，曾被人残酷地虐待过，差点死于非命。善良的阿翔夫妇坐了一个多小时的公交车，把它从动物医院接回家的时候，它腹部的伤口才刚刚愈合，见到人类依然惶恐不安，是他们给予它人类的怜悯和关爱，使它度过了幸福的后半生，相信它在临死时也已经原谅了人类。

猫活一年大概相当于人类活五年，狗活一年大概相当于人类活七年，宠物存活十年已经算是高寿了，与它们建立起感情后，难免要面临生离死别。阿翔说，他的那只猫离开他们后，让他伤心了好久，它的一举一动常常在他脑海里浮现，他有时还会产生幻觉，仿佛它仍然坐在它常坐的沙发上。为了保存猫的一丝气息，一段时间他们竟然拒绝清洁卫生，随着时间的推移，猫的气味和音容笑貌渐渐消失殆尽，他们就不敢再养宠物了，受不了那种生离死别的打击。

> 春天有不祥的征兆
> 一堆残雪卧在墙角久久不化

小猫病了三日，悄悄死在春风里

　　人类的流感传染到她，迅疾夺去了生命

　　胆怯的孩子，安息吧

　　这片林地，桂花树隐忍、严肃

　　不像一旁的梅花火烧火燎

　　迫不及待地篡改春天的根本大法

　　当我挖开腐殖质的泥土

　　当生锈的锄头挖到自己的脚，我和你一样畏惧

死亡

　　　　　　　　　　——李不嫁《埋葬一只小猫》

　　诗人的情感是细腻而脆弱、敏感而诚挚的，因为孤独，他们就拿起笔，与自己的心灵对话。

　　"老诗骨"李不嫁与妻子离异后，独自一人把儿子拉扯大，既当爹又当妈，还要孕育诗。每天早早起床，先看会书，再弄早餐，然后上菜市场买菜，回家洗衣拖地搞卫生，洗菜切菜炒菜，等等，把枯燥乏味的日子烹饪得色、香、味俱佳。

　　人与动物最根本的区别是，人有自己独立的思想，人因此是最惧怕寂寞的动物。畅销书作家马未都夜深人静著书立说时，脚下总有一只小猫不离不弃地陪伴着他，即便是酷冬寒夜亦让他感觉安然和温暖，因而文思泉涌。

　　猫狗给予人类的忠诚、快乐和"爱"是从不计较回报，十分纯粹的。我想，经历过人与动物之间生离死别的人，他们必

定会逐渐变得理性和坚强,他心灵深处的爱也将变得深邃而辽阔。

2020 年 1 月 12 日

青春之约

2019年11初的某一天,宝安区作家协会盛非副秘书长给我发来微信,说区新华书店出资1000元购买我的诗集《在天涯》,然后由我现场签名免费赠送给读者,征询我愿不愿意参加这个活动。当时,我一听区区千元,还要我山长水远地跑去宝安"抛头露面",心里不禁咯噔了一下,稍过片刻,我迅速利落地答应下来,并承诺要用这笔书款请参加签名赠书活动的作家们吃晚饭。

签名售书对我来说并不陌生。大约是1992年,我的第一本诗集《青春树》出版时,就参加过由深圳市作家协会在深圳大学举办的"五四"青年节签名售书活动。当时,我刚走出校园,需要走进社会,也需要钱。我带了200本诗集过去,全部售罄。后来,还有几名大学生跟我保持很长一段时间的交往,其中有个学子还用宣纸工工整整地誊写了我两首诗歌,过好塑，送到我办公室来，令我好生感动，这些珍贵的东西我至今都妥善保存着。

我与美女作家盛非打过几次照面，但却鲜有互动。主要是她写小说，而我是小说门外汉，近三年来几乎从未读过任何非诗歌类文学书籍，仿佛缺乏共同语言。年轻且貌美如花的盛非小姐来自湖南益阳，我不知道她在宝安生活了多长时间，也无法评说她的小说写得引人入胜到何等程度，从她赠送给我的小说集《深圳宅女》里的简介中了解到，她在《中国作家》等刊物已发表五十余万字的小说，是个不可小觑的实力青年作家，现在《文化宝安》从事编辑工作，曾两次向我约稿。承蒙她的抬爱，有什么好事都惦念着我这张有点陌生且算不上亲和的老脸，我岂能败她的雅兴？况且，能面对面地与读者沟通交流，这对一个写作者来说意义非凡。

签名赠书活动安排在星期六下午三点，那天我早早就来到现场。

这么多年来，我早已养成了一个习惯，但凡应允的事，不管是公务活动还是私下朋友聚会，我都会提前到达现场，不让别人苦恼地等待，这是我对朋友或者伙伴最起码的尊重，也是自我素养的具体体现。坐落在宝安区建安一路的新华书店门前车水马龙，我对这附近应该说是熟悉得不能再熟悉了，我人生第一份工作的单位便近在咫尺。

80年代百万南飞雁，乘着改革开放的东风，南下广东寻梦。1989年注定将会成为我生命中十分重要的年份，那一年影响深远，在我的人生长河中极具纪念意义。记得那是30年前的6月末的一天，我背负着极少的行囊，开始践行人生第一次最漫长的旅程，这也是我第一次出远门，离开湘粤交界处的那个崇山峻岭、盛产乌黑乌黑的"太阳石"的煤矿梅田矿务局，来到改革开放的前沿窗口深圳市宝安县，开启一个青涩男儿满怀梦想的人生旅程。

当年，宝安县城还没有"长大"，步行半小时就能走遍全城，白天不热闹，晚上更是异常冷清。单位中层以上干部几乎都住在筑有高高铁丝网的特区内，他们常常下午五点钟就下班，经过坑坑洼洼的北环路（那时的深南路坑大如泥塘，是泥头车的天下，小车陷进去就非得叫拖车来搭把手，否则就别想出来），如果顺利的话，往往要一个半小时才能回到家，碰上常有的塞车，那就只能听从上帝的安排了。住在特区内，这是当时宝安县各个单位领导干部的标配和身份象征。紧挨着深圳特区南头关外的湖滨路，不宽也不长，步行十分钟左右就能从头走到尾。县政府的部委办局就依次建在这条路上，几乎都是清一色的多层小楼房。初来乍到，六月灿烂的阳光照在路旁红艳艳的簕杜鹃上，显得格外的清新和喜气，我一下子就喜欢了这个地方。

我像50万爱你的情人一样

带着一份久渴的心愿

从祖国的天南海北赶来

> 不是来赶一场热闹的宴会
> 不是来押一次命运的赌注
> 为的是把青春交给你
> 把理想把青春把未来
> 交——给——你
> 默默耕耘你的红土地
> 耕耘你的构思你的宏图

这首稚嫩却热情洋溢的《宝安，我赶来赴你青春之约》，荡漾着一个文学青年无限的激情和梦想。当年，深圳这片热土吸引着全国各地的男女青年，纷纷前来寻梦，大量没有办理《边境通行证》的年轻人被铁丝网拒之关外，滞留宝安。为了防止人潮失控，每当春节后，县里都会组织部委办局的青年干部去各交通要道、车站码头、乡镇街道疏导清理"盲流"，把没有暂住证和用工单位的人员统统用车送往东莞樟木头，以免影响社会治安。

那时，深圳经济特区成立不久，新的宝安县城刚在南头关外的这片田野上站稳脚跟。宝安县城虽然很小，但是，宝安县管辖的区域却非常大，现在的宝安、光明、龙岗区、龙华、大鹏、坪山新区都是原宝安县管辖。1992年宝安县撤县设区时，我就调到市政府某局工作，从此很少回来走走看看，即便是因为工作需要回一趟宝安，那也是来也匆匆，去也匆匆，走马观花看热闹。而这些年，宝安开始发生翻天覆地的变化。

原单位前面的空地密密麻麻地盖满了楼房,曾经鹤立鸡群的八层蓝色幕墙玻璃包围的办公楼,现在已经沦落为群鹤中的佝偻"小鸡",显得破败不堪,颇为"落魄"。那条穿城而过的小水渠也不见了,取而代之的是把小水渠埋在地下,上面改造成一溜一溜的停车场。原来的五区菜市场也已实现华丽转身,建起了一栋栋摩天大楼。

记得我刚到宝安不久,有天晚上百无聊赖,便约上一个单身同事步行去五区市场吃夜宵,这是我人生第一次在深圳上馆子,分别点了两瓶啤酒、一份炒虾仁、一份青菜和一份牛肉炒河粉,结账时要价168元。我记得,当时在矿山当个小头目的父亲的月薪也就才180元,我们着实被这个吉利的数字吓了一大跳。我们摸遍全身,把钢镚儿加起来都凑不够数,只好打同事波哥的BP机,请他送钱过来"赎身",这个天大的笑话在第二天传遍了单位的上上下下。

现如今,菜市场已改建成高级商场和高档住宅,高楼大厦鳞次栉比,人声鼎沸,异常繁华。新华书店就在已改成停车场的小水渠旁边,今天的活动就在书店门口进行,我来到时,红色横幅已经高高挂起,旁边聚集了不少前来领取免费书籍,或者看热闹的市民和小孩,一派繁荣景象。

活动不到半个小时就匆匆结束了,不知是谁说了句"要是卖书如此畅销就好了"。我把多带来的十本书送出去了还不够,又去把车上备用的五本书也全送给了排队的热心读者朋友。我始终认为,我的书只要能去到真正的读者手里,只要他们认真读过,无论是如何获得,都是值得的。读者让我签名赠言,不论字数繁多,我都童叟无欺,耐心细致地给予满足。他们都是我的上帝,我绝不可以马虎敷衍。

活动结束时才三点多一点,离吃晚饭时间尚早,参加这次签名赠书活动的作家孙向学、郭建勋、唐小林、盛非和唐诗等一个个都找个堂而皇之的理由溜之大吉,最后只剩下我和徐东兄。正当我们犹豫不决,准备各自单飞时,南山区的作家李少红匆忙赶到,徐东兄说那就先去他的工作室喝茶,晚点叫几个宝安诗人一起吃饭谈诗。我拍手称快。

李少红是看到我发在朋友圈的信息,才从南山区紧赶慢赶过来的,但还是晚来了一步,差点就擦肩而过。我对深圳的作家都不熟,包括李少红女士。刚重返文学圈时,不懂行情的我参加过深圳的一两次活动,不久后,我就给自己立了一个规矩:不参加深圳的诗人聚会、诗歌朗诵会、作品分享会及所有的征文比赛和评奖。前不久,我在朋友圈晒了一组发在《品位·浙江诗人》的诗歌《在岁月的边缘》,李少红看到后,她特别喜欢其中的几句,想借用到她的小说中,问我同不同意。

……不贪婪一生一世
天长地久是多久?苟且一生
太久,纯粹一世
太短

我没有理由不同意。美好的事物岂有不分享之理？

徐东兄的工作室设在流塘村的一个单身公寓里，一间不大的房间，房子里外都有些许管理不善。山东大汉徐东兄可能有一米八几的个头，长得高大英俊，一表人才，说话慢条斯理，常常笑靥如花。他主要写小说，偶尔也写些诗歌、散文和随笔。我认识他的时间不长，对他的过往知之甚少，只道听途说他在西藏当过兵扛过枪，为了文学创作在京城北漂过，做过知名刊物的编辑，刚到宝安时日子过得颜面扫地，后来时来运转进了《宝安日报》社，负责《打工文学》副刊的编辑工作，出版过小说集《欧珠的远方》等十余部著作，获过不少奖，最近出版了一部"向所有写诗、爱诗的人致敬"的小说《诗人街》，现正在热销中。

后来，徐东兄把宝安诗人不亦和刘郎叫来吃晚饭。我从未见过不亦，刘郎是第二次见面，但我不知道他来自何方。刘郎话语不多，我们负责侃大山，谈天说地，他负责闷声喝酒。这个生于1990年的青年后生，据说从事着餐饮行业，身体素质不错，一看就是经过酒精锻炼过的。当然，他在诗坛所取得的成绩也非常令人瞩目，曾获2018年《诗歌周刊》年度诗人，入选第九届十月诗会，著有诗集《这一天如此美好》。

在此之前，我没有读过他的诗，但我还是以过来人的语气，好为人师的建言他，一定要写自己熟悉的东西，这样才能写出感情来，作品才能感动自己，连自己都无法感动的文字，怎么可能感动读者？别看现在年纪尚轻，只是光阴似箭，日月如梭，眨眼工夫，他就会变成现在的不亦。

我请他给我发十首自己最满意的作品，让我拜读学习一下。过了十来天，他在我的微信上发来一个文档，其他的一个字也没有。我这才知道，他不但沉默寡言，而且还惜字如金。看完他的诗歌，给我感触最深的是，他没有写出深邃的自己，我在他的诗歌中没有读到独一无二的刘郎。

我说："不然，你就会变成现在的不亦。"我并没有对不亦不恭的意思。诗人不亦年轻时从贵州翻山越岭，穿府过州来到宝安，经过二十多年的辛勤打拼，现在已是某公司的股东，生活上衣食无忧，闲来无事写写诗歌，就好比酒足饭饱的成功人士上果岭挥杆一样，无论球艺如何精湛，如何出神入化，那都是优雅的消遣。

不亦写诗依然如是。

而时过境迁，刘郎已不具备当年的创业氛围和条件，而且在诗歌领域起步不错，如果他不去牙牙学语，人云亦云，还是沉下身心，独辟蹊径，写他所在的社会底层世界，像著名女诗人，从东莞千千万万个打工妹中脱颖而出的郑小琼一样，在字里行间烙上刘氏的标签，让更多的人关注并记住自己。假若他不踩着别人的脚印，亦步亦趋地行走，他完全有实力和能力可以在诗歌这条独木桥上走得更远的。我祝福他！

我刚来宝安时，深圳被人冠以"文化沙漠"，宝安县则是寸草不生的沙漠中心，当年偌大的宝安县，能在省级纯文学刊物发表作品的人寥寥无几，我搜肠刮肚，也没能凑合出一个拳头。经过短短二十多年的培植和浇灌，现如今，小说、散文、诗歌、儿童文学和文学评论等作品在全国各地的主流纯文学刊物上遍地开花，争奇斗艳。据说宝安区这个弹丸之地就有中国作家协会会员三十多人，中生代和新生代作家更是不胜枚举，栽好梧桐引来凤凰，这些在宝安这片热土上呕心沥血的寻梦人，像投资设厂的企业主、添砖加瓦的建筑工人、挥舞扫帚的城市美容师、教书育人的人类灵魂的工程师和救死扶伤的白衣天使一样，他们全心全意付出自己的辛勤劳动，挥洒爱心、智慧和汗水，垫高了这座城市的底蕴，构筑起她巍峨壮丽的精神海拔。

2019 年 12 月 12 日

诗意的私事

近日,徐东兄问我有没有去过深圳东边的洞背村,说那里现在保留着纯天然的古朴村舍和原始山川,现代气息没有怎么侵蚀,有些艺术家聚集于此著书立说,问我愿不愿意抽空去走走。

在深圳生活了三十多年,确实不曾想到现代化的深圳还有这等仙境,我拍手称快。

这天上午,晴空万里,阳光灿烂,和风徐徐,深圳的冬天"春意盎然"。他们接上我的时候,车上有小说家徐东、诗人李春俊和不亦。是不亦开的车。

徐东兄已出版著作十余部,目前又有两部小说集签订了出版合同。但他最近没把心思放在小说上,而是全心全意在"不务正业"——卖酒。每逢朋友聚会,他就念念不忘推销他的酒,也总是耐心给人解释卖酒是出于无奈。他想利用工作之余能多卖点酒，赚一些辛苦钱，早日把购房时欠银行和亲戚的借款还掉，让老婆和孩子过上幸福安稳的生活。为了让家人过上好日子，靠自己的辛勤劳作，不偷不抢，不贪不骗，这本来就是一个男人本该承担的职责，是天经地义，无可厚非的正经事，但他总是觉得不好意思。说酒事之前，还要一个一个不厌其烦地解释大半天，仿佛做了什么见不得人的勾当。

他为此还写了一篇随笔《关于酒，关于信任》：

我想我做酒，向朋友介绍时，是十分诚挚的。

成也好，不成也好，我都怀着一种感激之情。

我能张口推荐的，便是认为有可能需要的，便是认为经得起开口的。

成也罢，不成也罢，我都觉得禁得起。

我想这中间，大约也有着一种彼此信任的成分在的。

信任，真的是一件美好的事情。

我不想辜负这种信任。

他在履行一个好丈夫好父亲的天职，却抹不开文化人的"臭面子"。我总是东拼西凑一些理由去宽慰他，教授可以上街摆摊卖鸡蛋，作家为什么就不能卖酒？深圳原本就是一个严重商业化的现代都市，没有浓郁的生意气息和氛围，也就没有今日深圳之辉煌。

但他总是有一点点羞涩,一点点脸红,一点点底气不足。

我是第一次坐不亦的车,感觉这个兄弟开车也跟写诗一样"分行"、跳跃,而且习惯性喜欢用"顿号"和"破折号",在向深圳东部飞驰而去的行程中,我们紧跟着他飘逸的"诗行",身子跌宕起伏,抑扬顿挫。更让我们胆战心惊的是,他说话时手舞足蹈,双手常常擅自脱离工作岗位。李春俊兄说他必须牢牢抓紧扶手,怕被不亦的飘忽不定摔出车外。

李春俊说不亦是一只"来自火星的螃蟹"。我横看竖看、左看右看都像。

我们的每一个话题,不亦总是成为自然而然的"反对派"。一个通俗易懂的事物他总要反着去想,提出自己的观点和见解,把一潭清水搅浑,能不能摸鱼再说,总之不能与他组成统一阵线。我不愿把他的言行定义为抬杠。他喜欢用自己的奇思妙想树立一片自我的森林,我们不是不愿走进去,即便是进去了也常常会迷路,甚至会走进他事先设计好的沼泽。而且,他常常异常的坚持和自信,不惜信誓旦旦,我们的"迷路"也许就是他的"胜利",所以,要与他分辨出一个输赢来,难!

上次他送我一本他的诗集《来自火星的螃蟹》,我让他签上大名,他扭扭捏捏地说不好意思签,并"建议"我先不要读,若干年后想看时再看。这回我还真是纳了他的建言,至今也没打开他的诗集读过一首诗。不过,我发觉,看到他这个人,仿佛就把他的诗全都读过一遍了——却全都没有读懂。谁他母亲说的"诗如其人"?简直就是真理。

车子出了市区，在沿海高速路上向东奔驰，过了大梅沙，穿过几个隧道，向上盘旋着拐了几道弯，开到洞背村时，已是中午吃饭时分，我们就径直奔餐厅而去。待我们坐定片刻，老诗人孙文波伉俪，黄灿然携女友和闺女等相继而来。对于孙黄两位老诗人，我早已久仰大名，但见到他们的真身，还是第一次，徐东兄把我一一"隆重"介绍给他们。我们选择在户外围桌而坐，直接接受冬日暖阳和微风的抚慰，大家客客气气地相互进行了一番嘘寒问暖，便开始大快朵颐。

坐落于马峦山半山腰的洞背村，青山碧绿，山海相连，村舍朴实，屋前房后的菜园里各种青菜葱翠，从村子仅步行就可抵达溪涌海滩，这样一个位于深圳边缘的小村子，像极了深圳的前世。置身其中，有"悠然见南山"之感，我真心喜欢。

看得出来，除我之外，他们常聚常散，非常熟络，这家餐厅可能还是他们的"根据地"。餐厅窗台玻璃上粘贴着一排猩红大字很是"耀眼夺目"："本店服务宗旨：客人虐我千百遍，我待客人如初恋。"我从这字面上仿佛嗅到了一股浓烈的"骚味"，难怪这般文人骚客如此喜欢这家乡村餐厅。

实话实说，这家夫妻店的菜肴着实不赖，虽说都是些简单的家常菜肴，譬如说相煎杂鱼、红焖家鹅、墨鱼吹筒子等，大家都说好吃，赞不绝口，村里自产自销的青菜我们竟然吃了四碟。一只饥饿的猫不停地围着餐桌打转，期待着诗人们施舍一些鱼骨头。黄灿然的女友似乎熟悉这只猫，她说："鱼头是它的最爱。"见到这只猫，不禁让我多瞧了几眼。最近，我就被一件猫事缠身，有点点心烦。

妻子有洁癖，家里常常收拾得窗明几净，一尘不染，我和她都不喜欢家里除了走动的人之外，还有有腿能自由行动的东西。最近，儿子在上海被一只并不十分漂亮的野猫"讹"上了——他喂过它几次，它就天天蹲在他宿舍门口不走了。有一次它为了独享宠爱，与另外一只野猫大打出手时，把儿子也误伤了，我们赶紧催促他去医院打疫苗，心里急得不行，恨不得立马飞过去把两只野猫一并办了。可不打不相识，受伤的他越发喜欢上它了，执意要把它带回家，我们发动了所有能发动的力量去游说，也动用了本人前所未有的智慧去"抹黑"野猫，劝他早日"改邪归正""回头是岸"，统统都以失败而告终。最后，我们只好退而求其次，把野猫的活动范围限定在他的卧室、书房、洗手间和阳台，并不惜破坏室内美观，在他的房门外安装了一个1.5米高的不锈钢闸栏，希望这只即将有家可归的野猫多少懂些规矩，自觉自律收敛起野性，坚守井水不犯河水的底线。

他在他的房间还给猫"搭建"了一座近两米高，"房间"众多，层次分明的猫楼大厦，供它消遣玩耍，并从网上购买进口的猫粮（国产猫粮没有不掺假的，猫吃了容易长肥和生病），猫的抓挠板、大小便器、木头鱼、老鼠和布娃娃等玩具应有尽有。

李春俊兄说我们做得有些过分了，既然儿子喜欢，就由他去吧。记得有人曾说过，我们这代人，年轻时给人做儿子，老了给人作"孙子",太形象了。其实,我也一直在努力说服自己和妻子,要无条件接受这只不太可爱的野猫,因为那是儿子的至爱,我除了爱屋及乌,别无选择。

说到养宠物,孙文波老先生有点心花怒放。他先后养过几条狗,给他惹了不少事,有条狗尤其恶霸,狗仗狗势,轻则以大欺小,狗咬狗把别人家的狗咬伤,甚至咬死,重则还咬过前来串门的客人,而且直奔致命的部位——脖颈而去,弄得他除向别人赔礼道歉之外,还得赔人家医药费。

孙文波是四川人,他们家做饭炒菜少不了辣椒,狗跟着他们吃喝,久而久之,那些狗狗也全部变成了彻头彻尾的"四川狗",无辣不欢,特能吃辣。

可能是因为饥饿,猫围着餐桌叫唤,向我们乞讨东西。我最近上网查了一点资料,得知,猫是食肉动物,消化功能没有人那么强大,不能消化食盐,摄入过量就会致命,野猫的平均寿命约在两年上下,而家养宠物猫能存活七年,猫向人们讨食实在是饥不择食,在死亡路上狂奔。

说到猫,黄灿然安静的闺女显然是有些激动,她把我的手机拿过去欣赏了一下图片。黄灿然介绍说她在上海从事纹身职业。这种工作在外国已经是司马昭之心——路人皆知,我在外国就经常遇见把自己的全身纹成花花绿绿的男男女女,在电视上也能看到这样的歌星和球星,但在中国应该算是新鲜事物。他说纹身其实也是一种艺术创作,那些图案都是灵感的结晶,但也跟写诗一样,靠写诗养不活自己,她从事纹身职业暂时也养不活自己。

徐东兄说,黄灿然老师应该是香港迄今为止最为成功的一位真正的诗人了,他翻译的外国文学作品在国内非常有影响力,他写的诗也功力十足、独树一帜,并出版了许多诗集。说到诗歌,他的话匣子一打开,总是滔滔不绝,眉飞色舞,表情丰富。

在洞背村

夜里太舒服,舍不得睡;

白天太漂亮,舍不得工作。

黄灿然如是说。足见他对洞背村情有独钟,厚爱有加。舍不得睡,舍不得工作,那我们就谈天说地,品茗饮酒吧。

黄灿然曾长期生活和工作在香港,足迹遍及世界各地,见过大世面,心态比较淡定和随和,接受新鲜事物肯定要比我们长期生活在内地的人大气和开阔。我原本以为他是香港本地人,在饭后爬山时,才从他的口中得知,他也是"文革"晚期为了填饱肚子而逃去香港,先后从事过多份工作,在社会底层四处漂泊,最后停泊在诗歌的码头,并构筑起自己在中国诗坛不可复制的江湖地位和风景。黄灿然说,香港曾经在西方围堵新中国时期,为国家和内地人民做过许许多多不可磨灭的伟大贡献,我们应该铭记,香港是中国面向西方世界的一扇无可替代的窗口。我深以为然。

走在坑坑洼洼的山道上,我们对这些原始风光不禁发出由衷的赞叹。山里静谧,树木葱绿,鲜花绽放,空气清新,使大家的身心得以彻底的放松，变得舒畅惬意。李春俊能一眼认出很多花卉树木，不论参天大树，还是绿腾花草，他总能说出它们姓甚名谁，这叫见多识广。据说，他曾经花了三个月时间，在西藏自驾游，走遍了雪域高原的草原雪山、村寨寺院、沟沟坎坎，写了许许多多漂亮的诗篇，现在他把主要精力放在帕米尔高原，已与相关机构达成共识，计划花一年时间为帕米尔高原分别写一部纪实性散文和一部诗集。

那确实是一个令人羡慕的美差，不但有诗和远方，还有坚定的后勤保障。俗话说，好事是留给有准备的人的。我想，黄灿然、孙文波、李春俊、徐东、不亦和李立都已经做好了准备的，我们都在向着自己的远方大步流星地迈进。在返回市区的路上，不亦说，他现在最想写一部长篇小说，只有在小说里，才能构筑起自己想要描摹的理想王国。诗歌都做不到。

我说，难怪，回来时不亦开车就踏实、平稳、顺畅多了，这或许就是小说家与诗人的区别。

2019 年 12 月 25 日

摁下时间的暂停键

长生不老是荣华富贵的滷生品。

当人有了权力和财富，就想摁下时间的暂停键，梦想自己永远健康长寿，年年如今朝。中国古代的封建专制统治阶级对此处心积虑、心驰神往。他们中有人朝思暮想"万岁万岁万万岁"；有人铤而走险"千岁千岁千千岁"；有人不择手段"百岁百岁百百岁"。

中国古代的第一个皇帝——秦始皇，自从坐上金銮宝殿伊始，便煞费苦心地遣员派将满世界搜寻长生不老灵丹妙药，最后落得铅中毒殒命于征战途中。古埃及的帝王将相们亦如出一辙，他们迷信人死之后，灵魂不灭，只要保住尸身，300年后就将在极乐世界里复活并永生，因此他们无限热衷于筑造豪华陵寝。

埃及有句谚语："人类惧怕时间，而时间惧怕金字塔。"4000

多年岁月如黄沙缥缈，日出日落、风来雨去，金字塔依然矗立在尼罗河岸边，岿然不倒。

站在胡夫大金字塔旁，我仿佛觉得时间被暂停在公元前2560年。火辣辣的阳光、热烘烘的风、光秃秃的旷野、浅灰色的巨石砂砾、无精打采的"沙漠之舟"、穿长袍肌肤褐黑的男子，依然是当年的模样，甚至，我仿佛还听到十万工匠一起弯腰弓背挪动巨石的吆喝和叮叮当当敲打石头的声音。唯有停车场的十数台巴士车，是从现代社会穿越而来，这些大小颜色各异的"穿梭机"把外星人般的白种人黄种人送来又拉走。

这个花费20年时间才竣工的胡夫金字塔，可谓宏伟壮观、威武霸气，在相当长的时间里，雄踞人类最高建筑的宝座。胡夫为了确保自己在驾崩300年后，且"复活"前不被打扰，特意在塔内石壁上雕刻诅咒铭文："谁扰乱了法老的安眠，死神将张开翅膀降临他的头上。"他哪里估计到，在无神论大行其道的现代社会，没有一个人是吓大的。

胡夫兴师动众、大费周章，大约用掉230万块石块，外层石块平均每块重达2.5吨，最大的石块外形俨然像一辆小汽车，重达15吨。他为自己量身定制的这个宏伟"宫殿"，并没有迎来他的复活，他被永远摁在属于他的那个时代里。

不远处，是胡夫的儿子雷吉德夫为自己建造的金字塔。塔的前方耸立着一尊狮身人面像，面部为人脸，身体为狮子，高22米，长57米，雕像除狮爪外，全部由一块天然岩石雕成。我无法想象当年在缺少重型起重机械的情况下，这个庞然大物是怎么从十数公里外的采石场挪到这里的，关于这一点，就让人不能不钦佩古埃及人民的智慧和毅力。由于石质疏松，且经历了数千年岁月的洗礼，整个雕像风化破损严重，已缺乏那种不怒自威、神圣不可侵犯的气势。有人说，这是由于中世纪服务于阿拉伯哈里发的奴隶兵马姆鲁克，把它当作靶子练习射击所致，也有人说是18世纪法国将军拿破仑率兵入侵埃及时炮击留下的痕迹。

而我认为，面目全非的狮身人面像，唯一的可能是它沦为时间的靶子。时间是无坚不摧的。雷吉德夫子承父业，走的是与其父相同的路线，其结局也别无二致，300年后注定不可复活。

虽然事与愿违，但埃及许多帝王还是携带着不计其数的黄金珠宝、粮草辎重"重返"了现代社会，他们现在居住的"宫殿"名字叫埃及博物馆。

这栋两层楼的现代建筑里，重现了当年法老们穷奢极欲、君临天下的辉煌。譬如，法老图坦卡蒙的"黄金面罩""黄金棺材""黄金宝座"等。尤其是"黄金面罩"，是用金板依照图坦卡蒙本人生前容貌打造，镶满红宝石。图坦卡蒙及王后的辇车、兵车和狩猎用弯弓，镶嵌象牙和彩色玻璃的家具，王后的珠宝首饰和衣箱等，数千年后依然珠光宝气、光彩照人。

那些藏于金字塔、帝王谷墓室和卢克索神庙的奇珍异宝、法器、利剑，法老和王后都没能用上，包括寄予厚望的木乃伊，如今成了埃及博物馆的镇馆之宝。这应该是他们当初连做梦都想不到的事情。

这些巧夺天工的人类杰作，谁也没能据为己有，最后统统还给了时间。只有在时间面前，人们才是平等的，不管你是皇亲国戚，还是山野村夫，谁也逃脱不了时间的主宰和切割。

时间就像尼罗河的河水一样涨涨落落，奔流不息，从来不会以某个人的意志而改变。

"埃及是尼罗河的赠礼。"埃及人自古至今就靠着这份"赠礼"一张一弛、繁衍生息。尼罗河每年五至八月河水会定期泛滥，送来大量淤泥，使得尼罗河流域沃野千里，勤劳的埃及人民世世代代在此日出而作、日暮而归、春播秋收、生生不息。尼罗河河谷和三角洲成为埃及文化的摇篮，也是世界文化的发祥地之一。

在法老村，古老的水车架在尼罗河上，为庄稼汲水。河面上缓缓驶过三三两两19世级的白色三桅帆船，悠闲自得，仿佛有一只神秘之手，在此按下了时间的暂停键。

撒哈拉沙漠也像是暂停在亿万年前，这里唯一现存的现代文明是一条蜿蜒曲折的公路，一眼望去，灰茫茫的沙丘和岩石望不到尽头，时间仿佛也拿这些砂砾和细沙无计可施，彼此之间在此互不相让、僵持不下。在沙漠中央，一路上憋得慌的人们纷纷拉开裤链，为这块古老沉寂的大地注入一丝现代元素，但瞬间就被火辣辣的阳光抹得干干净净。

现代文明似乎并没有唤醒这块广袤大地，那些岩石、沙丘、砂砾、光晕仍然属于数万年前。

埃及的许多地方，都被一只神秘之手，按下了时间的暂停键。譬如，左塞尔陵墓，停在公元前2700年；卢克索神庙停在公元前1398年；阿蒙神庙停在中王国时期；古城堡停在公元1176年……开罗市区还有许多低矮的民房，停留在20世纪。

在离开埃及的前一天，我们去参观埃及的纸莎草纸画。据说，这是世界上最古老的纸画。纸莎草纸画是埃及文化瑰宝，纵使过去了4000多年，制作纸莎草纸画的每一个步骤古今一辙、亘古不变。

当天，刚好赶上埃及总统要去埃及大学视察。道路两旁三步一岗，五步一哨，路面的警察至少身着三种制服及便衣，两旁民房的楼顶都有人把守，警卫工作滴水不漏、如临大敌。如此兴师动众、大动干戈的出行，30多年前我在深圳也见过，时过境不迁，这里的时间仿佛没有跟上时代的步伐。

开罗市的政府机构和军营都筑有几米高的围墙，四角耸立着高高的雕楼，里面有荷枪实弹的士兵警戒，墙垛上架着枪口朝外的枪支。民房则显得有些凌乱、拥挤和破旧，这一切仿佛也是被一只神秘的手，把时间摁在了20世纪四五十年代。

在人类历史文明的进程中，埃及人民千方百计地摁下时间的暂停键，把智慧发挥到极致，让自己的杰作横亘在时间面前，巍峨挺拔，成为那个时代的千古绝唱。当然，也有些当代弯道逆行者，他们还真是绞尽脑汁地想按下时间的暂停键，为一己之私，不惜拖时代的后腿，与现代文明显得格格不入。

如果真能按下时间的暂停键，我最想把时间停在2019年12月以前，让人们重新焚香沐浴、衣冠楚楚地进入2020年，当然，百步亭社区四万家庭、十万人聚餐会要按时开席；黄鹤楼要游人如织、武汉的樱花要如期绽放；艾芬医生要能及时发出哨子，江学庆、李文亮、柳帆、夏思思……他们身穿大白褂正在有求必应有始有终地治病救人……

春天，就要有春天的模样。

2020年4月3日

随便写（后记）

简单地说，随笔就是"随手笔录，抒情、叙事或评论不拘"。

我的理解，就是随便写。

2019年下半年，始于一篇约稿，我竟然洋洋洒洒写了30多篇，共计十三万余字的随笔。我在自己的微信公众号上一一推出，读者意想不到的反响热烈，这让我有点始料不及。

在组织这些文字的时候，我尽量呈现一些能经得起时间检验和岁月推敲的人和事。是金子总会闪光，是沙子，也必须有一定的硬度。这契合我自己多年来的坚持。

我无法改变别人，却可改变自己。

第一次提出出版一本随笔集的人，是远人兄。这个哥们给我提出了很多中肯的建议。在我一口气轻轻松松写了十几篇随笔，头脑开始发热的时候，他给我泼了一盆冰凉冰凉的冷水。

兄的这几篇文章都一字不落地读了。最开始是很高兴的,也非常希望兄能慢慢写成一本书,但就目前看的两篇,我觉得它们慢慢有成为流水账的嫌疑,和文学(指散文这一文体)的关系有了距离,仅仅是浮光掠影地简单记录。兄若说我希望的就是记录,那么我的回答是,如果真的只是记录,也谈不上有多大的意义,毕竟,它们是兄的记忆和经历,本来就属于兄。如果兄将它们看成作品,我想说,它们还不是。我们写作,不论哪种文体,我觉得都应该将它们转变成真正的文学作品,这样才有提笔行文的意义。写人物和写事情,文学始终有根标杆在那里,到了那根标杆,它们就是文学,没有到,它们就不是。从我内心来说,最希望看见的就是身边的朋友和心灵上朋友都能写出真正的作品来。这真不是一天两天能做到的,如何去做,太取决于我们每个人对文学的浸淫度和理解度。不知兄是否对我的直言会生出意见。但是,我还是想说最真实的话,恳兄不要介意。我说的也不一定就对,只是我个人看法,兄笑之即可。

远人兄的诤言情真意切,给我敲响了警钟,我立刻给自己的思绪猛踩紧急刹车,用三周的时间重新翻新了自己的思维,并把急就的那几篇文字全部推倒,重新构筑,此后每篇文字我都"谨言慎行",不再急功近利地赶场子,拒绝豆腐渣工程,使之能抵达文学的本真。这些简朴的文字赢得越来越多的人的喜爱和赏识。

王国华兄是一个从头到尾一直就"小觑"这些文字的人。有一次,我们在东莞观音山某宾馆聊天,他直言不讳地说我写的这些文字没有什么意义。当时,我真想建言他别天天泡在那些花儿草儿丛里了,咋就不抬头欣赏欣赏蓝天?白云的深处空无一物,却又无穷无尽,深邃而富饶。但我什么也没有说。我只是嘻嘻哈哈地赔着笑脸。我知道他勤勉上进,志存高远,著作等身,最近又刚刚获得广东省文学界的一个散文大奖,风头正劲,不需要我去改变什么。

意欲改变全人类的思想的人,要不是愚不可救,要不就是疯了。

更有意思的是,我的有些文字十分隐晦地评论了一些龌龊的人和事,有好些朋友竟然非常惊奇地私下问我:"你啥都不缺了,为什么要写那些东西?"在他们看来,我完全有资格和条件可以"洁身自爱",可以"高高挂起",可以两耳不闻窗外事了,何必自讨苦吃去蹚这趟浑水?看来,有目的性的爬格子,已经成为当下写作者的共识。

当然,也有朋友委婉地请我写写某人,却被我呵呵了。我自始至终都不会是泥水匠,以前不是,现在依然不是。

在我时隔二十多年重提诗笔伊始,王国华兄写过一篇杂文发在《深圳商报》,意指我像社会上的某些成功人士,衣食无忧之后便想来文坛沽名钓誉,并断言"没那么容易,不是你想走就走,想回就回得来的"。不久,当他看完我写的诗歌文本后,第一个向我约稿。也是在观音山,我说发多发少作品,对我已经没有什么意义了,明年除了高品质的完成约稿,我不想再投稿了,他说我"特能装"。立马又说:"那好,我现在就向你约稿。还是算了吧,我直接去你的公众号里下载。"这就是我的另一个不打不相识、刀子嘴豆腐心的好兄弟好哥们。

我曾就这些文字跟以作品立身的小说家吴君有过一次面对面的长谈。我跟她应该有二十年没见面了,我们一点也没有感到生疏,没有戒备心,没有心灵隔阂,亲切、坦诚、自然、随意、说话单刀直入、不做作、不世故、不顾左右而言他、不掩饰自己的观点。她仿佛还是从前那个秀外慧中、说话慢条斯理的吴君,我仿佛还是从前那个懵懵懂懂、青涩肤浅的愣头青。她对我的文字的变化洞若观火,点点滴滴娓娓道来。她尤其强调我的每一篇文字都有自己独到的观点,不是那种豆腐流水账,犀利且一针见血,不遮遮掩掩,难能可贵。

> 我认为你的变化是脱胎换骨,从灵魂到肉体,过去的你轻柔、温纯、幽怨,诗歌里花花草草尽是个人感伤。现在的你有立场、有性别、有力量,决绝、开阔,看待世界有了自己的角度,一个也不饶恕包括对自己,羽翼丰满,大开大合。这是劫后重生,一切归零后的重新做人,没有拖泥带水,没有左顾右盼。你

是被生活这个炼狱重新锻造过、独饮过苦水的二十年，而不是被文学圈浸染、油腻、虚构、消耗、浪费的二十年。二十年是破茧是蛰伏是心无旁骛，是你借助了李立这个名字的重新归来。

"浮云一别后，流水十年间。"岁月如流霞已逝去千万里，吴君还是从前的那个吴君。当然，她在文学事业上所取得的成就，让我们这些同龄的男士们都难以企及，所以说，她也早已不是从前那个"弱不禁风"的吴君了。但她依然不骄不躁，不亢不卑，保持着一颗平静之心，耐得寂寞，远离喧嚣，拒绝随波逐流。我真诚地祝福这个坚定、倔强、果敢且不失妩媚的女子！期待她精心孕育的又一部长篇小说早日面世。

"嘤其鸣矣，求其友声。"俗话说得好，物以类聚，人以群分。感谢命运，在我孤独的人生旅途中，给我安排了山，安排了水，安排了远方和诗歌，还安排了这么多善良的人。

兄弟，今天
我想找个人说说话
薄雾的长沙一整天下着冷雨。我不知道
要打湿多少喜新厌旧的玫瑰
但我确信，比情人间绵绵倾诉
多了几分真切和抒情。你看，兄弟
我是多么不合时宜，在这样一个节日

跳出既定的主题，想起远方的兄弟

想着酒杯碰响的那份温情

遗憾的是，去年冬天

你说好的长沙之行未能达成

现在的深圳，想必已是面朝大海春暖花开

这上苍的恩赐，愿你坦然领受

我命运的一树杂花

也会在倒春寒过尽后再次绽放

请兄弟放心，此刻想着远方的你

我的心灯已渐次点亮

不说忧伤，只说思念

比我居住的城市万家灯火更加迷人

——起伦《情人节，给李立》

海水湛蓝，冰凉，漂着肥大的海带

这片海洋属于自然保护区，严禁捕捞，水生动植物资源丰富

而我的想法就简单多了，想在距离北京

12933公里外的非洲大陆最南端，给诗人刘起伦寄一张明信片

一张小纸片，载荷不起大海，草原，蓝天

装不下羚羊，斑马，大象，狮子，河马，长颈鹿
甚至连满山坡青葱的小草，也只能容下一小片
岩石岬角最高处的灯塔只露出一个白色小角，而且
留白少之又少，不容超过十二个字

我突然被难住了，容量小
狂野不羁的原生态非洲是寄不过去了，就连
海狮的歌唱，猎豹的嘶吼，白云的微笑，都会超重
当我写下 Changsha,China，塞进山顶邮筒
如释重负。导游不识时务地说，一个月也不一定能收到。
妻子奚落我老土：obstinate，微信方便，快捷。
他们不知道，手机的更新换代，像快节奏的现代人生活
常常把许多美好的事物格式化，我需要
用一种慢，和浸透纸背的时间，锁定那份情感
　　——李立《在好望角给诗人刘起伦寄一张明信片》

两个男人之间的交往，浸透纸背的不仅仅是时间，还有大海一般开阔的性情。

尊姓大名出现在我的随笔中最多的人，莫过于谦逊随和、自带山水的刘起伦大哥。我曾经与他肩并肩在大鹏湾南海边漫步，我们推心置腹，侃侃而谈。海浪的起伏仿佛他那深沉的呼吸声，并通过含有淡淡鱼腥味的空气传导给了我，让我真真切切地感受到了他那大海般的坚韧和不屈。他的心胸就像大海一样宽阔和无涯，能容纳洪荒之水翻滚，亦能供小鱼小虾欢快嬉戏，无论骄阳的热烈，还是明月的娇媚，海水都是那么的碧蓝，那么的淡定，那么的荡漾，该汹涌就汹涌，该静谧就静谧，绝不含糊和妥协。只有见过大海，心胸能装进大海的人，才能真正领略到大海的内涵和度量。

越走近起伦大哥，大海的澎湃声，就越发洪亮。

有时候大海远在天边，有时候大海近在眼前。始终在山脚下犹豫徘徊的人，永远无法理喻山顶的险峻、秀丽和皑皑冰雪。

山顶，亦是大海的故乡。

尼罗河发源于维多利亚湖西群山，亚马逊河发源于安第斯山脉，密西西比河—密苏里河发源于落基山脉，长江发源于唐古拉山脉……大海，是她们共同的归宿。

我的故乡湖南省邵阳县五丰铺镇大角卜村背靠无名山丘，村口有一口从石头缝里沁出水来的老井，井水冬暖夏凉，村里十几户人家全靠这口井活命。这些水的最终归宿在哪里？不得而知。也许有些汇成了小溪小河，加入了资江、浏阳河和湘江，并一刻不停地向大海奔去。

我也是这口老井的一滴水，现在流淌在南海边的深圳。

水,始终都在路上。

大河之水到了入海口,是开始,不是结束。这部集子结集出版、亦是开始。

想写就写,无拘无束,信马由缰,自由奔腾。这是我喜欢的。写随笔,我从不随便写。提笔的时候,我必须保持心灵的纯洁、干净和虔诚,不在字里行间注水和掺沙子。

但掺不掺沙子,生活中的沙子始终存在。我常常被一些莫名其妙的沙砾硌得心痛。

选择性健忘,或者说不得已大度,是我的法宝。人生苦短,何必在幽怨、妒忌和彷徨中耗费时日和生命?谁愿意让自己被一些陈芝麻烂谷子捆住,那是在自作自受。忘掉漆黑的夜,铭记点点星光,这才是我必须的坚持。

学会原谅,是人生最重要的一堂课。"君子坦荡荡,小人长戚戚。"原谅别人的不是和自己的是,是同样重要。

水,不原谅沿途的沟沟壑壑和泥沙,就永远也到不了大海。

如果不原谅昨天,那么,就一直活在过去。

离开文学那么久,过去是回不去了,明天还有那么远,那么灿烂,值得我放肆去涂鸦。

我把这些不堪大用的"小蝌蚪"放飞茫茫尘世,仿佛萤火虫,虽然不能照亮别人,但至少没有给空寂的旷夜增添一丝黑。我想,等哪天我厌倦了这个世界的时候,突然想到曾经写过的这些文字,我的眼前并非一片空白,我必定会改变自己的想法：原来这个世界并非非常不堪，灯火阑珊处，那里有温暖的人间。

2019 年 12 月 13 日写

2020 年 3 月 3 日改定